井川香四郎

桃太郎姫恋泥棒

もんなか紋三捕物帳

実業之日本社

実業之日本社文庫

目次

第一話　幻の亭主

一

どこかで鶯が啼いている。

梅が咲いているが、桜の花が開くのはまだ先になりそうだ。

間もなく春なのに、ここ数日、おかしなことに、雪がちらついた。そのせいか、富岡八幡宮の境内には、今日も参拝客がまばらで、寒々とした情景だった。

本殿に向かう石畳の途中、手水場の陰で蹲っている町人女がいた。杖に手っ甲脚絆の旅姿だが、両手で押さえているお腹はぽっこりと膨らんでいる。どうやら妊婦のようだが、苦しみを堪えて喘いでいるだけで、誰にも気付かれなかった。

そこに通りかかったのは、門前仲町の大親分、紋三の妹、お光であった。

「どうなさいました……もしや、お腹に……これは、いけませんね」

お光が声をかけると、女は苦痛に顔を歪めながらも、大丈夫ですと堪えている。

だが、大事になってはならないと、近くを通りかかった人にも手助けして貰い、紋三の家に連れていった。

すぐさま町医者が来て、様子を見てくれたが、急な差し込みであって、お腹の赤ん坊に異変はなかろうとのことだった。一安心したものの、女の顔色が優れないのは、よほど辛い旅であったのであろう。

「兄は、この町を根城にしている、紋三という岡っ引なんです。体が良くなるまで、ずっと居て下さいましね」

お光が優しく労ると、女は意外な目になって、

「岡っ引……」

「はい。十手持ちとは物騒とでもお思いでしょうが、兄は江戸で一番の親分ですから、心配なさらなくていいんですよ」

関八州などでは、やくざ者が二足のわらじで十手持ちをしているから、怪しいとでも思ったのであろうか……と、お光は勘繰ったのだが、そうではなかった。

女は起き上がって膝を整えると、

「私は、上野国館林藩城下の小さな絹問屋の家内で、お多喜と申します」

と両手をついた。

「お多喜さん、というのですね」

「はい。岡っ引の親分さんならば、ぜひお願いしたいことがあります」

「なんでしょう」

「実は、半年近く前に、亭主の佐兵衛が江戸へ行くと国を出たまま、行方知れずなのです。藩のお役人に届けて、探して貰うようにはしていたのですが、たかが商人ひとりのことで、江戸屋敷も動いてくれないらしく、困り果てて……」

「それで、身重なのに江戸に来たのですか」

「深川の富岡八幡宮近くで、見かけたという話を、取り引きのある行商の人たちから聞きまして、ただただ会いたい一心で」

　必死の形相のお多喜に、お光は同情を禁じ得なかった。

「それは、大変でございましたね」

「亭主がいなくなったのは、このお腹の子がまだ三ヶ月目に入った頃でした。後一月もすれば生まれます……なのに父親がいないなんて、どうすればよいのかと……」

「大丈夫ですよ。人探しは岡っ引の仕事ですから、きっと見つけます」

「本当ですか……」

「ええ。こんなことを言ってはなんですが、兄は江戸市中に散らばっている十八人の親分の元締めで、下っ引を合わせると何百人もの頭領です。町火消の鳶の人だって、一緒になって探してくれますから、きっとすぐに見つかりますよ」

慰めるつもりだが、お光は大船に乗ったつもりで任せて下さいと言った。

町の寄合から帰って来た紋三は、お光から話を聞いて、すぐにでも全力を挙げて、探すと約束をした。

紋三の威風堂々とした貫禄ある態度に、お多喜はすっかり信頼しきった顔で、

「ありがとうございます。富岡八幡宮に参拝した甲斐がありました」

と涙ながらに訴えた。

「で……旦那の名は、なんてんだい。人相書じゃ、お尋ね者みたいになっちまうが、あるに越したことはない。道中手形に書かれている体の特徴なんかでも、構やしねえ」

当時の道中手形には、人相書はない。むしろ見誤ることがあるからだ。おおざっぱに、年齢や性別、顔が四角で、鼻の横にほくろがあって、目尻に青痣があって、体は丸くて、背丈は五尺五寸くらいで——などと文字で記してある。その方が、特徴を摑みやすかったのだ。

「亭主の名は、佐兵衛……目鼻立ちははっきりしている方ですが、中肉中背で、取り立てて特徴はありません……ただ、右耳の後ろに切り傷があります。若い頃、誰かと喧嘩したときに付けられたとかで、今でも残っているんです」

その他に、好きな食べ物、よく着る着物の柄、喋り方の癖や訛り、得意なことや夫婦の秘話とか、幼い頃の出来事など、できるだけ多くのことを紋三は聞いて書き留めた。小さな事でも、発見に繋がるからだ。

深川には材木問屋やそれに付随する普請場も多いから、人足に混じって暮らしているかもしれない。また岡場所もあちこちにあるから、咎人など〝逃がれ人〟の隠れ家になる遊女屋なども多い。飲み屋や旅籠なども含めて、この半年の間に雇い入れた者なども、虱潰しに当たっていった。

しかし、容易に見つかることはなかった。

行商人に富岡八幡宮の辺りで見かけた、というのも曖昧な話で、住んでいるのか、ただ通りがかっただけかも分からないからだ。それでも、紋三は門前仲町を中心に、まるで下手人を探すかのように調べた。

その間、お多喜自身も探し廻っていたが、百万の人を抱える江戸で見つけることは、到底、無理なことではないかという徒労感に襲われるだけであった。

そんなとき――。

佐兵衛という若い男が、木場(きば)の先にある細川越中守(ほそかわえっちゅうのかみ)下屋敷に、中間(ちゅうげん)として奉公しているという話が飛び込んできた。

紋三はすぐさま、お多喜を連れて会いに行ったが、細川越中守といえば、老中のひとりである。岡っ引どころか、町方同心でも入ることはできない。ましてや、人探しで顔を見たいなどという理由では、立派な長屋門を潜(くぐ)らせてくれるわけがない。

やむを得ず、中間が用事で出て来るのを待ち伏せすることになったが、身重のお多喜には負担が重いから、下っ引を張らせることにした。それらしき男に声をかけるのだ。

すると、夕暮れ近くなって、屋敷の表門が開き、陸尺(ろくしゃく)に担(かつ)がれた黒塗りの武家駕籠(かご)が出てきた。それに続いて、供侍(ともざむらい)が数人と中間らが八人ばかりいる。当主ではなく、その子息か誰かのようだが、厳重な警戒であることに違いはない。

一行が立ち去って、門番ふたりが表門を閉めようとしたとき、紋三が駆け寄り、

「門前仲町の紋三という岡っ引でございやす。ちょいとお尋ねしたいことがありやして、お邪魔致しやす」

と声をかけた。

しかし、門番も武士である。露骨に忌々しい顔つきになって、

「岡っ引ふぜいが来る所ではない。控えろ」

「へえ。承知しておりやすが、ひとつだけ。中間に、佐兵衛という男はおりやせんか。あっしの知り合いの亭主でして」

「佐兵衛……?」

ほんの一瞬だが、門番はふたりとも眉間に皺を寄せて、顔を見合わせた。だが、すぐに「知らぬ」と返してきた。明らかに知っているが惚けた仕草である。

「ご存じでしたら、一目だけでも会わせてやりてえ人がいるんです。佐兵衛を探して、わざわざ館林から、身重の妻が訪ねてきたんでやす。どうか、どうか」

紋三は膝に手をついて頭を下げたが、門番たちは、

「さような者はおらぬ。他を当たるがよい」

と突き放すように言って、ギシギシと重厚な音を立てながら表門を閉じた。

——どうも、曰くありげだな……。

紋三は大きな門を見上げていたが、すぐさま踵を返して、今し方、出て行った武家駕籠を追った。何か手掛かりが摑めるかもしれないと思う一心だった。

武家駕籠は、大横川沿いに小名木川まで行き、扇橋の袂を左に折れて、隅田川の方へ向かった。その両岸には、やはり老中や若年寄、あるいは徳川御一門の大屋敷が並んでおり、川を往き来する川船にも、中川船番所によって様々な制約があった。

銀座御用屋敷の前で、武家駕籠は停まった。表門が開かれると、武家駕籠はゆっくりと屋敷内に入っていった。

江戸の銀座とは、後藤家が担う金座を補う形で営まれている。そもそもは、幕府の御用達町人によって作られた〝座〟で、関東の金遣いと上方の銀遣いの違いを調節するために作られた「銀貨鋳造所」であった。

生野や石見など諸国の銀山から買い集めたものを、勘定奉行のもとで、灰吹き法などを使って鋳造しているのである。ただ、今は銀が減産されたのと、京にも銀座があることから、実質はほとんど銭鋳造をしていた。

「――銀座御用屋敷……なんで、こんな所に……」

紋三が首を傾げながら見ていると、

「これは妙な所に、妙な御仁がおでましでございますね」

と背後から、女の声がかかった。

振り返るとそこには――町娘姿の桃太郎君こと、桃香が立っていた。

艶やかな振袖に、奴島田の髷には銀簪が二、三本、挿されている。いつもの屈託のない笑顔を向けて、

「紋三親分が動いてるってことは、やっぱり銀座には何かあるのね。うふふ。いい所に来ちゃったあ」

と訳の分からないことを言った。

「何のことだ……」

「また惚けちゃってさ。教えてくれたっていいじゃないですか。私、決めました。これからは、紋三親分に従います」

先走るのが桃香の悪い癖だ。だが、紋三も腑に落ちぬことが幾つか、俄に込み上がってきて、ひとつ首を突っ込んでみるかと、桃香の話を聞いてみることにした。

二

桃香が銀座御用屋敷を探っている理由は、近頃、偽金が出廻っているという噂

を聞きつけたからだ。

偽金作りを、事もあろうに、幕府の役所でもある銀座御用屋敷で行っているのが事実であれば、由々しき事態である。

偽金が出廻る背景には、日本で産出していた金銀が、明や南蛮に輸出されて、減ってきたこと。それに乗じて、貨幣への金銀の含有量が減らせる改鋳を行ったこと。幕府の貨幣の流通が滞ったことで、諸藩の藩札の発行が増えたこと。その藩札がただの紙切れとなってしまう事態に陥ったこと……など幾つかの原因がある。

桃香の国元でも、質の悪い貨幣や藩札が大量に出廻ったことで、打ち壊しや一揆のようなことも起こったという。

実は――町娘の桃香は仮の姿で、本当は讃岐綾歌藩の〝若君〟、桃太郎君なのである。

綾歌藩はわずか三万石ではあるが、紀州徳川家とは親戚になる城持ち大名である。母親は、八代将軍吉宗のいとこで、若年寄も輩出したことのある由緒正しき大名であった。

父親の松平讃岐守は還暦をとうに過ぎて、病床の身であるため、

「いついかなる事態があるかもしれませぬので、次の藩主になることを常日頃から、お覚悟の上、その身に相応しい暮らしを日頃から、心がけて下され」

と江戸家老の城之内左膳は、毎日、口を酸っぱくして言っている。だが、江戸家老にしても、桃太郎君が女であることは知らない。跡取りがいないと藩はお取り潰しになるため、一粒種の娘が、男として育てられたのである。

この秘密を知っているのは、藩主と婆やの久枝、そして藩御用商人の御服問屋『雉屋』の隠居、福兵衛くらいのものだ。

しかし、番茶も出端の年頃になった〝若君〟としては悶々とした日々を過ごすのに堪えられず、時に町娘姿を扮して町場をうろつくのである。扮しているというのは、あまりにも悲しい。これが本来の姿なのだ。

で……町場を徘徊しているうちに、門前仲町の大親分、いや江戸市中の岡っ引を束ねる紋三親分と知り合い、生来、お節介好きな性癖が相まって、様々な事件に首を突っ込んできたのである。

今回は、偽金作りかもしれぬということで、大きな事件の匂いがプンプンしている。

桃太郎君……いや、桃香としては、なんらかの不正があれば、それを暴いた上で、将軍吉宗に直に言上するつもりである。

「――それで、桃香はどこまで調べているのだ。偽金ってえのは、確かなのか」

紋三が尋ねると、桃香は、「慌てない、慌てない」と微笑みながら、みたらし団子を美味そうに食べている。したたる甘ダレを、年頃の娘とは思えぬような、はしたない格好で啜り、ペロリと舌を絡めた。

「おまえ……やっぱり男じゃねえのか？　男が女装してるようにも見える」

苦笑で見やる紋三に、桃香はプンと頬を膨らませて、

「失礼ね。どう見たって、女でしょ。ちょっといいところの町娘でしょ。『雉屋』の隠居の姪っ子なんですから、そういう思いで扱って下さいね、親分」

と言ってから、なんとなく空々しい顔になった。

紋三も返す言葉に少し戸惑って、

「――やっぱり、そうなんだな……いや、確かなことだとは、久枝さんからも聞いているし、そう信じているが、今まで面と向かって聞いたことがなかったから……」

「内緒ですよ」

あっさりと桃香は返してから、

「それより、銀座御用屋敷を見て下さいな」

と指差した。

丁度、座っている茶店から、小名木川越しに見ることができる。柳並木が少し邪魔になるが、目の前は川船の船着場になっており、人の通りが手に取るように分かる。

「さっきから、色々な人が銀座御用屋敷の中に出たり入ったりしてるでしょ？」

桃香はさらにもう一本、みたらし団子を口にしながら言った。傍(かたわ)らの皿には、食べ終えた数本の串(くし)が置かれている。

「よく食うな。甘党の俺でも敵(かな)わねえよ」

「ほら、また入って行った。今度は、職人風のが三人ばかり、入れ違いに先刻、入った浪人がふたり出てきた……浪人なんて、銀座御用屋敷に、なんか用がありますかね」

桃香は目の前で起こっていることを、まるで脳裏に刻むように話した。

実は、この数日、同じような風景を見てきたという。

鍛冶(かじ)職人、大工、左官、どこぞの家臣風の侍、浪人、渡世人風、芸者風の女、変わったところでは旅芸人風、飴(あめ)売りや薬売りなどの行商……などが、ひっきりなしに出たり入ったりしているのだ。

「おかしいでしょ？　この中って、私は入ったことはないんだけれど、奉公人や出入りの業者に聞いた話では、銅吹き所と鋳造所の作業場がほとんどで、後は帳場や材料置き場、奉公人や職人の起居する座敷や休息所、厨房くらいしかない」

「ああ、そうだよ」

「え。親分、入ったことあるんですか」

「何度かな。御用のときもあったし、お役人と一緒に見学もな」

「なんだ、先に言ってよ……」

「そんな所に、訳あり風の色々な人が訪ねて来すぎているのが妙だと、言いたいのだな」

「ええ、そうよ。でもって、さっきの武家駕籠も時々、来ていたわ。一度、尾けたら、それがなんと……」

「老中、細川越中守……」

「それも知ってたの？　ねえねえ、どうして御老中がこんな所に」

「老中が来るならむしろ不思議じゃねえ。ここは勘定奉行支配だし、勘定奉行は老中に仕えている。なんらかの不正に気付いて、老中が突如、訪ねて調べることはままあることだ」

「そうなの？」

「金座後藤家などは、公儀の大切な小判を扱うだけに、幕府のお偉いさんがふいに来ることはよくある」

紋三が話すと、感心して桃香は聞いていた。が、老中本人ではなく、息子であろうことを伝えると、「あっ」と小さな声を発した。

「どうした」

「若君……そうよ、若君だわ。あの駕籠の中にいたのは！」

「知ってるのかい」

「前に、ちらりと見たとき、どっかで会ったような気がしていたんだけど……そうそう。去年の八朔祝いの江戸城登城の日、大広間に一緒にいたのです」

家康の江戸入封を記念する城中祭事で、親藩である讃岐綾歌藩の若君である桃太郎君が、藩主の代理で参ったのだ。その折、隣に座っていたのが、老中・細川越中守の子息、尚貴で、桃太郎君は挨拶程度だが言葉を交わしていた。

上様拝謁の緊張する場のせいか、凛とした態度で、賢そうな顔つきが印象深かった。だが、桃太郎君は尚貴のことなどどうでもよく、内心では、女であることがバレないようにと願っているだけであった。

　だが、大名の若君同士、以後、何かと助け合うようにと、上様直々に声をかけられたので、桃太郎君としては冷や汗の掻きっぱなしであった。しかし、尚貴も緊張のせいか、桃太郎君の様子など気にするどころではなかった。

「そうか、あのときの若君……それが、なんで銀座御用屋敷に出入りしているんだろう。御老中の指図かなあ」

　桃香は疑問に思ったが、紋三とて分かるはずがなかった。ただ、気がかりなのは、出会った妊婦の亭主のことだった。紋三が、そのことを話すと、勘の良い桃香は、

「――それも妙な話だねえ……亭主が行方知れずになって、老中の屋敷にいるなんて」

「まだハッキリとしたわけではねえがな」

「分かった、親分。そのことなら、私が探ってきてあげる」

「ええ？」

「讃岐綾歌藩の若君に戻って、いえ若君として、尚貴様に近づいてみる。そしたら、親分が探している人のことも分かるかも……でも、本当の狙いは、こっちで

すから」

　と銀座御用屋敷を指して、桃香はいつもの屈託のない顔で微笑(ほほえ)んだ。

三

　考えるよりも先に、桃香は……いや、立派な若君らしい白綸子(しろりんず)の羽織袴(はおりはかま)姿の桃太郎君は、細川尚貴に会うこととなった。

　先触れとして江戸家老の城之内左膳が、細川家の下屋敷に出向き、許しを得た上で、おっつけ来たのだが、表向きは火急の用ということで、面談が叶った。

　細川家は越中国(えっちゅうのくに)に六万石の領国を持つ譜代大名である。対して、綾歌藩は半分の三万石だが、徳川家ゆかりの親藩であり、上様のいとこの子という立場である。尚貴にとっても、讃岐松平家と繋がりを持つことは、都合の好いことである。

「お城で、お目にかかって以来でございます。無事息災で何よりでございまする」

　桃太郎君が型通りの挨拶をすると、尚貴の方は城中で見せていた緊張した態度とはまったく違って、不遜(ふそん)な雰囲気すらあった。どことなく神経質で、人を見る目は冷たく感じられた。

日がな一日、屋敷に籠もっているのか、青白い顔で、武士としての覇気もなかった。指も白魚のようで剣胼胝などない。ろくに剣術の修行もしていないのであろう。

「相変わらず総髪を束ねただけとはな。元服を終えたのだから、月代を剃れば如何か……で、身共に何用かな」

上座の尚貴は、細い目で見下ろすように訊いた。桃太郎君は、総髪については何も触れずに、深く頭を下げた。

「はい。今日は実は、あるお願いに参りました」

「願い……はて、何でござろう。父上は老中という重職ゆえ、色々な方々から頼まれ事はあるが、身共はその倅に過ぎぬ。役に立てることなどないと思うがな」

厄介事は寄せ付けないという意志が強いのか、人を拒絶する態度でもあった。

「ご存じかどうか……我が綾歌藩は、かつては若年寄や奏者番という重い役職に就いておりましたが、父上は病床ゆえ、一切、幕府の要職には就いておりません。ですが、私の代になった折には、ぜひ私を若年寄に推挙して戴きたく、お願いに参じました」

「これは面妖な……」

　尚貴は帯に挟んでいた扇子を抜き取り、さりげなく開いて扇ぎ始めた。

「まだ桜も咲かぬのに、妙に生暖かい日和よのう……蒸し暑いわい」

　脇息に肘をついて、胡座になると、着物の裾から股間に手を伸ばしてボリボリと掻きながら、桃太郎君を見た。目の置き所に困り、羞じらうように目を伏せた桃太郎君の表情に、尚貴は気付いて、

「案ずるな。そっちの趣向はない」

「——さようでございますか……とにかく、お父上様にも、私のことをよしなにお伝え下されば僥倖でございまする」

「そんなに、なりたいかねえ」

「は……？」

「老中だの若年寄だのになって、上様に気を使い、奉行らの目を気にし、気苦労ばかりを背負って嫌な思いをする毎日など、身共は絶対に嫌だがな」

「どうしてですか」

「おぬしは出世をしたいのか」

「武士と生まれたからには、民百姓のために命がけで立派な政事を為し、世の中

を良くすることこそが、道理でございましょう。それを実現するために幕閣となるのであって、出世欲のためではありませぬ」

「さような建前を言う奴は信じられぬ」

「建前ではござらぬ。私は誠心誠意、そうありたいと……」

桃太郎君は本音では政事をしだいなどとは、さらさら思っていない。男であり続けるのは嫌で、女として暮らしたいのだ。だが、建前を言わないと、男でないとバレるような気がする。ゆえに、必死に言っているのだが、尚貴は意外にも、

「政事など下らぬ。意味もない権威だの名誉だのが、そんなに欲しいものかのう……そんな下らぬもののために競い合うとは、まことバカだと思う」

「そ、そんなことを……お父上が聞いたら、なんと思いましょう」

「なんとも思わぬよ」

「では、権威も名誉もいらぬとなれば、尚貴殿は何を欲するというのです」

「金だ――」

あまりにも端的に率直に言うので、桃太郎君は肩透かしをくらいそうだった。

「お金、ですか……でも、お金なら不自由しない程度にあるでしょうに」

「ない。父上は、大した蓄えもないのに、借金をしてまで賄賂(まいない)を配りまくって、

老中に成り上がった。だが、老中になってしていることといえば、また金を何処かから集めて、自分の思いを遂げるためにバラ撒いている。本当にバカだ」

「では、尚貴殿は、何のために金が欲しいのですか」

「贅沢して遊ぶために決まっておるではないか」

「あ、そうですか……」

桃太郎君は聞いているうちに、さもしい言い草の尚貴のことが憐れにすら思えてきた。自分の贅沢のために金を使うならば、理想とする政事の実現のために、金を使う方がマシではないか、と桃太郎君は感じた。

「それこそ、桃太郎殿は何が欲しいのだ。老中や若年寄になったところで、理想の政事など行えぬぞ。底なし沼で、足の引っ張り合いをするだけだ」

「……」

「ああ。いっそのこと、女に生まれたかった。さすれば、好きなことだけをして、暢気に贅沢に暮らせる」

溜息混じりで言った尚貴の言葉に、桃太郎君はギクリとなった。その表情を訝しげに見てとった尚貴は、細い目で凝視して、

「――何か妙だな……」

「え……？」

「身共は、さような嗜好はないと言うたはずだ」

「私もです……」

少しドギマギする桃太郎君を、じっと見たまま尚貴は頷いた。

「おぬし、江戸城中で会うたときも、身共のことをチラチラと見ておったが、そんな良い男かのう。おぬしの方が顔だちは美しく、女なら誰も放っておかぬと思うがな……女は嫌いなのか？」

話があらぬ方に行くので、桃太郎君は誤魔化すように、

「ところで、佐兵衛さんはおりますか」

「なに……？」

「中間の佐兵衛さんです。一度、お目にかかりたく存じます。いえ、かなり優れた人だと聞きましてね。うちに来て貰おうかと」

適当に話す桃太郎君に向ける、尚貴の目つきがガラリと変わった。

「いかにも唐突だが、さような者はおらぬ」

「おりませぬか……では、私の聞き違いか、誰かの勘違いか」

「何故、さようなことを訊くのかな」

「いえ。知らぬのなら良いのです。似た者を見かけたというのでね」

「似た者……」

明らかに尚貴は探りを入れるように、桃太郎君を睨みながら、

「その佐兵衛とやらを雇って、どうするつもりなのだ」

と聞き返した。

——何かある……。

と察した桃太郎君は、声をひそめて言った。

「実は……ここだけの話ですが……上様が探しておいでです」

「上様が……」

尚貴は気がかりな様子で、胡座を直して正座になった。讃岐綾歌藩が将軍吉宗と近しいことは百も承知しているゆえ、気がかりになったのであろう。尚貴は真顔で訊いた。

「何故、上様が中間如きを……」

「その理由は今、申し述べることはできませぬ。ただ……」

「ただ……」

「裏切りは許さぬ、とのこと」

「――裏切り……一体、誰が何を裏切ったというのだ」

「ですから、今は……」

桃太郎君が首を横に振りながら、言えぬと繰り返した。その顔つきを見ながら、

「今日ここに赴いてきた本当の目的は、若年寄への推挙ではなく、そのことか」

と尚貴は腹立たしげに言った。

「つまり……この屋敷に、上様の裏切り者がいるとでも思って……！」

「おらぬのなら、それでよいのです。別に尚貴殿が困ることではありますまい」

「まあ、そうだが……」

「それでも、もし何か心当たりがあれば、私にお知らせ下さい。善処致しますれば」

曰くありげな言い草をして、桃太郎君は丁寧に挨拶をしてから、おもむろに立ち上がった。去り際、振り返って、

「あとひとつだけ伝えておかねばならぬことが……銀座御用屋敷のことでございます」

と言うと、尚貴は衝撃を受けたように目を見開いた。

桃太郎君は気付かないふりをして、

「上様はお怒りでございます。決して、軽率なことはなさいませぬよう」

とだけ言って、屋敷を後にした。

その後、しばらく考えながら酒を飲んでいた尚貴は、ふいに壁に向かって声をかけた。

「どういうことだ、伊右衛門……」

すると、壁から野太い声が返ってきた。

「お気になさることはありませぬ。あのことは誰も知らぬはずです」

「しかし、おまえの裏切りを、上様は承知しておるではないか」

「いいえ。さっきの綾歌藩の若君の態度は、まだ何も知らないと思いまする。ただのハッタリであると」

「何のために」

「御前を探るためめです。下手に動いてはなりませぬ。まずは、私めが、桃太郎君に探りを入れてみますれば」

伊右衛門と呼ばれた男の返事に、尚貴は静かに頷いて、「ぬかるなよ」と言った。

四

本所菊川町にある讃岐綾歌藩上屋敷邸内では、江戸家老の城之内左膳が、継裃姿で嬉しそうに歩き廻っている。

擦れ違う家臣たちに、

「めでたいことじゃ、めでたいことじゃ」

と笑顔を向けるのだ。その様子はまるで、狂言役者が舞台を滑稽に歩き廻る姿に似ている。いつも顰め面をして、何かにせっつかれるように苛々している城之内が、

――春の陽気を前に、頭がおかしくなったか……。

と見えるほど、異様な光景であった。

「おやまあ、城之内様。朝っぱらから、如何なさいました。何か探し物ですか」

枯れ山水のある中庭を挟んだ廊下の向こうから、久枝が声をかけた。縮緬に金銀色糸の鹿の子入りの介取を着ており、江戸屋敷住まいが長いせいか、讃岐より出向いてきている城之内より風格がある。

「これが喜ばずにおられるか、久枝殿」

久枝は、江戸屋敷で生まれ育った桃太郎君の乳母（うば）である。今は〝婆や〟として側に仕えて身のまわりの面倒を見ているが、それは桃太郎君が女であるからに他ならない。

「そこまで城之内様が浮かれるようなことがあるとは、はて何でございましょう」

「若君がその気になったのだ。若年寄になりたいと、細川越中守様にお届けしたそうだ。正式にではないのだが、ご子息の尚貴様にお願いした功を奏して、今朝方、越中守様からのお使いの方が来られた」

「越中守様のお使い……？」

少し訝しんだ久枝は、どういう意味かと問い返すと、城之内は嬉しそうに、

「今も屋敷の中におられる。あの御仁じゃ」

と指を差すと、離れで茶を立てている羽織姿の侍がいる。

見るからに壮健な体つきで、武芸者然としており、隙がなく無駄のない所作（しょさ）は、如何にも老中の家臣に見えた。

「古坂伊右衛門という御仁です。実は……若君の日頃の様子を窺（うかが）いたいと、越中

守様直々の要望で、あのようにお側で見ておいでです。ふだんの素行や暮らしぶりを見て貰えれば、きっと御老中の目に叶うと思う。うまくいけば若くして、若年寄になれるやもしれぬわい」

「それは、まずいことに……」

思わず洩らした久枝の言葉に、城之内は耳を疑って、

「なんと申した。久枝殿は桃太郎君が幕閣に名を連ねるのを望んでおらぬのか」

「あ、いえ。そういう意味ではございません」

「どういう意味じゃ。かような好機を作って下さったのは、もしかすれば上様のご配慮もあったかもしれませぬが……」

言いながら江戸城の方に頭下げて、城之内は久枝に向き直り、

「越中守様が特別なご配慮をして下さったのは確かなこと。決して、粗相の無いように、しかと頼んだぞ」

「──あ、はい……」

「して、若君は如何なされておる。近頃は、御座の間よりも、奥向きで過ごすことの方が多いようじゃが、それでは困る」

「そうでございますね。重々、お伝えしておきまする」

「頼みましたぞ。実は、あの御仁……」

城之内は声を低めて、久枝の耳元で囁いた。

「公儀御庭番十七家のひとつ、古坂家の御方らしい。ゆえに……分かっておるな」

「御庭番……」

まずいことになったなと久枝は思った。もし、女であることが上様にバレたりすれば、御家は取り潰しになる。久枝は、すぐさま奥に行って、桃太郎君に極秘の外出などは控えるように伝えようと思った。

だが、ちょっと目を離した隙に、すでに姿はなかった。

「あっ——!?」

休息の間からいなくなっている。

「いけませぬ……これは、いけませぬぞ……」

慌てふためいて、次の間や化粧の間、湯殿や厠(かわや)まで探したが、桃太郎君はいなかった。またぞろ内緒で、屋敷外に飛び出したに違いない。近頃は、ひとりで勝手に出歩くから、側役の婆やとしては本当に困っている。

「まったく、もう……油断をしていると、大変なことに……!」

気が気でない久枝は、じっとしていられなかった。

その頃、桃太郎君は飄々(ひょうひょう)と町中を散策しながら、いつもの門前仲町にある呉服問屋『雉屋』を目指していた。ここで、若君から町娘姿の桃香に〝変装〟するのである。

自分の本来の姿は女であるから、心は自ずと浮き浮きしている。時に町場で、心惹かれる若侍を見かけては、ドキドキするし、逆に男前の若い衆に声をかけられて、嬉しいときもある。ふつうの娘として過ごせるのを楽しんでいるのである。

しかし、今日も——。

町場に出るのは、事件の匂いを嗅ぎつけ、それを解決するがためである。何か大きな不正があって、それを暴けば必ず世のためになるし、人助けにもなる。

「あれ？　私は武士ではないのに、世のため人のために働いてるではありませんか。若年寄になっても不思議じゃないかも」

などと思いながら、『雉屋』に入ると、暖簾(のれん)を分けて迎え出た隠居の福兵衛は、さりげなく外を見廻してから、奥に案内した。店には、お客用の着替部屋があるが、さらに奥に桃太郎君のための秘密の小部屋がある。

そこからは勝手口、二階への階段、裏手の掘割(ほりわり)の船着場、さらに床下にと、四ヶ所も逃走経路が確保されている。

桃太郎君が実は〝姫〟であることを絶対に表沙汰にしないためである。むろん、綾歌藩の若君であることも間違いではないから、警護の上でも充分に気配りしておかねばならない。

「――桃香様……今日は久枝様も警護の侍もおられぬようですが、大丈夫ですか」

警護にはいつも小松崎と高橋というのが付いている。が、どうせ『雉屋』から出るときは町娘姿であるから、いてもいなくても警護にはならぬのだ。

このふたりも、桃香が女であることは知らない。ゆえに、万が一、警護が必要なときには、〝女装している〟と思わせている。なんとも、ややこしいことだ。

「今日は、ひとりですからね。気楽です」

桃香は暢気に言うが、福兵衛は異変を感じていた。

「しかし、表には見慣れぬ男がおりましたぞ。いかにも武芸者のような」

「ああ……あれは、老中、細川越中守様の手下で、私を見張っているのです」

「見張って……？」

「話は省略しますが、桃太郎君はここ『雉屋』に逗留して、昼寝でもしていると
でも言って、決して追尾させないように、よろしくね」
「よろしくねって……近頃、軽はずみな行いが多ございますが、調子に乗ってお
りますと、痛い目に遭いますぞ」
「大丈夫、大丈夫。私には、紋三親分という強い味方がついていますから」
慣れた手つきで着物を町娘姿に着替えてから、待ち構えている伊右衛門から見
えるように表に出た。番頭に見送られて、カラコロと下駄を軽やかに鳴らしなが
ら、参道を富岡八幡宮の方に向かった。
「ねっ。御庭番でも、気付かないでしょ？」
誰にともなく呟いて、桃香はまずは〝おかげ横丁〟の紋三の家に立ち寄った。
お光ももちろん、桃香の秘密は知っているが、人前では顔には出さず、『雉屋』
の姪っ子として接している。
「いつも元気だねえ、桃香ちゃんは」
「はい。お光姉さんのように、綺麗で粋で、颯爽とした女を目指してます」
「おや。何も出ませんよ」
笑顔で答えるお光に、桃香は家の中を覗くようにしながら、

「親分さんは？」

「相変わらず人探し。朝から、あちこちにね」

「ああ……お腹の大きな方の……私、まだ会ってないんですよね」

と言いかけたとき、奥からお多喜が重そうな腹を抱えるようにして出てきた。

お光はその体を支えながら、

「知り合いの娘さん。時々、うちの兄さんの探索の手伝いをしてくれてるの」

「こんにちは」

お多喜が微笑みかけると、お多喜も釣られて笑みを浮かべ、

「若くて元気そうで、いいわね」

「それだけが取り柄です。屋敷にいると、もう窮屈で窮屈……」

「へえ、そうなんですか。お屋敷って？」

「あ、いえ……ご亭主をお探しとか。紋三親分に聞きました。私も手伝いますわ」

「ありがとうございます。江戸に、こんな親切な方々が多いとは思ってもみませんでした。本当に嬉しいです」

「たしか、佐兵衛さんでしたわよね」

「はい、そうです」

「ちょっと心当たりがあるんです。親分が目をつけた所なんですが、きっと何かあると睨(にら)んでます」

　自信満々に言う桃香を、お多喜は不思議そうに見て、

「――お嬢様が……？」

「はい。勘だけはいいんです。きっと細川越中守と関わりがあると思います」

　と桃香が言った途端、なぜかお多喜の表情が歪んだ。

　お光はあまり気にしなかったようだが、桃香は「妙だな……」と首を傾げた。

　お多喜は桃香と目が合うと、すぐに微笑み返し、

「やはり、あのお屋敷にいるのでしょうか」

　と誤魔化すように言った。

「いるかどうかは分かりません。でも、必ずや何か関わっています。絶対に……なので、後は紋三親分と私に任せて、お腹の子を大事にしてあげて下さいね」

　ニコリと屈託のない笑顔で言って、桃香は表に出た。

　すると、目の前に伊右衛門が立っていた。

　――ドキッ。

と見やった桃香だが、目を逸らして、そそくさと表通りの方へ行きながら、

「なんで、尾けてきてるのよ。福兵衛さん、ちゃんとしてよ、もう……」

ぶつぶつ言いながら、気になって振り返ると、なぜか伊右衛門は、紋三の家の中を見ていた。だが、ふいに顔を伏せて後退りし、逃げるように桃香の方に向かってきた。

一瞬、ぶつかりそうになったが、伊右衛門は桃香の顔をチラリと見ただけで、参道に出るなり駆け去った。

「なに。どういうこと……?」

桃香も通りに出て、伊右衛門の遠ざかる後ろ姿を見送っていた。

五

細川越中守の下屋敷に駆け込んだ伊右衛門は、迎えた尚貴に向かって、

「大変なことになりました、御前」

と顔面蒼白になって言った。

「なんだ。落ち着け」

「佐兵衛……いえ、佐兵衛こと、私を探していたのは、あの女でございます」

「あの女では分からぬ」

「ですから、館林藩に潜入した折、私と夫婦になった女でございます」

「なんと……まことか」

困惑した顔になって、伊右衛門は深い溜息をついた。

それは、三年前に遡る──。

夏の隅田川に、花火が打ち上がっていた夜、銀座御用屋敷で爆発が起こり、蔵が破られたことがあった。だが、花火の音と重なって、気付くのが遅れたために、蔵の中から鋳造したばかりの銀貨が盗まれたのだ。

しかし、その銀貨にはまだ最終の刻印が押されておらず、幕府の正式な貨幣としては流通できないものだった。

──では、なぜ誰が、そのような完成前の鋳造貨幣を盗み出したのか……。

南町奉行の大岡越前は、勘定奉行や寺社奉行ら評定所の者と合議をした上で、盗賊一味を見つけるべく、鋭意探索をした。

片や、幕府の銀座御用屋敷から盗まれるという異常な事件に対し、老中や若年寄らは、将軍吉宗にも言上した上で、公儀隠密を探索に出すことにした。単なる押し込みではなく、背後には、いずれかの藩の陰謀や幕府に対する謀反も考えられるからである。

その探索に抜擢されたの御庭番のひとりが――古坂伊右衛門であった。

御庭番は将軍直属の忍びであるが、事件によっては、老中に支配を託され、その命令に従って動く。

伊右衛門は、細川越中守の指示に従って、様々な探索をした挙げ句、銀座御用屋敷に出入りをしていた『伊佐美屋』という売り銅問屋の者が怪しいと摑んだ。

売り銅問屋というのは、銅山から直に銅鉱を買い付け、それを荷駄や船で運んで、精錬所に売りわたす商人のことである。

足尾銅山は天文年間に発見され、慶長年間に入って、幕府直轄鉱山として栄え、採掘される足尾には、鋳銭座が設けられた。

そのお陰で、〝足尾千軒〟と呼ばれるほど賑わい、寛永通宝が鋳造された。当時から足尾と館林は流通などを通じて、交流があった。

ゆえに、伊右衛門は『伊佐美屋』に探りを入れるために、まずは館林城下に潜り込み、そこで『伊佐美屋』などと付き合いのある商家に、手代として潜り込んだ。

その折、目を付けたのが、お多喜である。

「たしか、おまえは……『駒屋』とかいう小さな絹問屋の娘を虜にして、主人に収まったのだったな」

　尚貴が訊くと、伊右衛門は頷いて、

「さようでございます。先代はすでに亡くなっており、お多喜は女手ひとつで店を切り盛りしていたのですが、私が手代として入り込み、深い仲になるのに、さほど時はかかりませなんだ……その主人に収まってから、私は『伊佐美屋』に探りを入れていたのです」

　と言った。

　それから一年ほどするうちに、『伊佐美屋』の番頭が、しょっちゅう江戸と足尾を往き来し、途中、館林に立ち寄って、館林藩の重職と接しているのを摑んだ。

「その『伊佐美屋』の番頭は、儀助といって、実は館林藩家老・長澤頼母の家臣……つまり密偵だったのです」

「うむ。承知しておる。それで、父上は、おまえに長澤の狙いを調べさせた」

「はい……幸い『駒屋』の先代は絹を扱うゆえ、館林藩の奥向きと繋がりがあり、私は家老屋敷にも入ることが許されました」

そこで、伊右衛門が摑んだのは、

――館林藩が、幕府が直轄領である足尾銅山の利権を奪おうとしている。

という密謀だった。

では、如何にして奪うか。長澤が考えたのは、

――足尾の鋳銭座や江戸の銀座御用屋敷で、銀の含有量を低くして、銅を混ぜ込んだものを、〝銀貨〟として流通させていることを、天下に暴く。

というものであった。

幕府が出鱈目な鋳造をしていたことが表沙汰になれば、天下万民は大きな疑念を抱き、諸藩からも反目が出よう。それを見越して、館林藩藩主の太田備中守資晴が公儀に直談判し、発掘権を得ようという画策であった。

館林藩とは、五代将軍綱吉の所領であった所であり、今の藩主・太田備中守は、奏者番や寺社奉行を経て、若年寄となって館林に転封となった傑物である。

いわば徳川家や幕府の中枢にいる太田備中守が、発掘権を得る画策をしたとなれば、下手をすれば戦にだってなりかねない。将軍家から見れば、謀反も同然である。

「そこまでして、藩に得があるのかどうか……私は不思議でしたが、太田備中守

様に野心があったのは、確かなようです。しかし、それを暴けば、偽金同然の貨幣を幕府が造っていたことも、公になる。私は、それを防ぐ思いで……」

まずは銀座御用屋敷を爆破して、鋳造貨幣を盗んで逃げた儀助を、街道の野武士の仕業に見せかけて殺した。館林藩に対して、

――公儀は、おまえたちの謀反を見抜いておるぞ。

という脅しである。

その後、太田備中守も家老の長澤も大人しくなり黙(だん)まりを続けたが、伊右衛門は『駒屋』の主人として監視を続けていたのだ。

「しかし、私たちの脅しの効があったのか、館林藩はそれ以降、足尾銅山に対する野望を捨てております……ゆえに私の使命も終わり、御老中の指示によって、江戸に舞い戻ったのですが……」

「その女房が、おまえを探しに江戸に参ったというのか」

「どうやら、そのようです……」

「だから、〝佐兵衛〟を探しているのだな。おまえの正体も知らずに」

伊右衛門は困惑ぎみに、

「様子を窺っていると、どうやら私の子供を孕(はら)んでいるようで、父親探しの旅で

もあったのでしょう」

「子が出来たことは知らなかったのか」

「まったく……」

大きく顔を振って、伊右衛門は答えた。

「私が館林を去ったのは、半年以上も前のこと。それにしても、お多喜は分かっていたはずだが、何故、黙っていたのか、とんと私には分かりません」

「知っておったら如何した。御庭番の身を捨てて、お多喜とやらと夫婦を続けたか」

「それはありませぬ。あくまでも探索のための擬装でありますから」

「ならば簡単ではないか」

尚貴の言葉に、伊右衛門は小首を傾げた。

「は……?」

「その女を消せばよい」

「……」

「もし、おまえが公儀の手の者だとバレるようなことがあれば、すべてはひっくり返るし、私が今やっていることも……水の泡となってしまうやもしれぬ……分かるな」

冷ややかに睨む尚貴の目を、頷きながら見つめながらも、すぐには返事をしなかった。その煮え切らない態度を見て、尚貴は感情のままに扇子を投げつけ、

「夫婦芝居をしていた女に、情けが残っておるのか、伊右衛門」

「――そうではありませぬ。女を殺せば、我が子も殺すことになりますので」

「ほう……どうやら、おまえは公儀隠密には向いておらぬようだな。相分かった。下がれ。後は、身共が何とかする」

決然と尚貴が怒りの顔になった。伊右衛門はすぐさま床に両手をついて、

「私が仕留めます」

「まことか」

「はい。情けは無用と心得ております。それが上様にお仕えしている、御庭番の使命でありますれば……どうか、ご心配なきよう」

深々と頭を下げる伊右衛門を、すべてを信じたわけではなさそうだったが、尚貴は頷きながら見下ろしていた。

「そんな虫けら母子（おやこ）のことより、銀座御用屋敷の方だ……近頃、うるさい蠅（はえ）が飛んでおるゆえな。讃岐綾歌藩の若君の動きはどうなのじゃ」

「は。それが……」

伊右衛門は気を取り直して正座し直し、

「女装をして、何やら探っている様子にございます」

「なに、女装じゃと？　――そういや、ここに来たときのあの男、何やら妙になよなよして気色悪かったが……」

尚貴はぶるっと背中を震わせると、伊右衛門が重ねて言った。

「意図はまだ分かりませぬが、町娘に扮して、門前仲町の紋三という岡っ引と接しているようなので、もしや銀座御用屋敷のことを探っているのやもしれませぬ」

「紋三、な……大岡越前お気に入りの切れ者だ。これも厄介ならば、おぬしに任せる。何かあらば、始末せい」

野心に満ちた尚貴の目つきは、父親の細川越中守よりも恐ろしいほどだった。

「御意――」

伊右衛門は頷くしかなかった。

六

銀座御用屋敷内は三千坪余りあって、支配人のもと、勝手方、台所方、支払方、普請方などのいわゆる書役の役人がいるものの、作業場のほとんどは吹所方と鋳造方の職人らで占められていた。

支払方や普請方には、出入りの商人や大工職人らが暢気そうに仕事をしていた。が、中庭を挟んで吹所方は文字通り、火を使って銀や銅を吹く所である。ぐらぐら煮立った溶けた銀や銅の汁を扱っているから、異様な臭いが立ちこめていた。

朝から日暮れまで、職人が根詰めて働いている工房には、めったに人の出入りはなく、金属がジュウと焼ける音や金槌を叩く男が、淡々としているだけである。炉に炭を入れて燃やし、筒のような鞴で煽りながら、銀や銅を〝南蛮吹き〟という古くからの方法で溶かし、型に嵌め込む工程は熟練の者たちでなければできない。不純物を取り出す過程で、銀を分離して取り出すのだ。

が、貴重な銀はまとめて固められ、その後で出る〝瑠粕〟というもので、貨幣が作られている。瑠粕とはほとんどが鉛である。近頃の貨幣は、銀貨と称しながら、この余り物を利用しているのだ。

つまり、品質の悪い貨幣をあえて作ることによって、幕府は採算を取るようにしていたのである。もっとも、金貨も銀貨も、その含有率は御定法によって決められており、幕府が保証しているから、通貨として値打ちがあるのだ。

いわば偽金同然の金が出廻っていることが問題であって、庶民も薄々、感じ始めていたのである。

真っ赤に炎焼けした職人らが数人、吹所から出て来て、休息所で体を冷ましながら、茶や甘いものを取っていた。作業はきついから、概ね一刻（二時間）やれば、四半刻休んで、それを交代で繰り返すのである。

「お疲れ様です。まだまだ風は寒いのに、吹所はまるで灼熱地獄ですねえ」

甘酒を差し出した若い娘に、職人らは「おっ」と目を丸くした。

休息所で休んでいる職人たちに、出入りの行商などが甘酒や茶、団子、笹餅、煎餅などを売りにくることがある。銀座御用支配の許しを得て、屋敷内で商いをするのである。

「体の疲れには、甘酒ですよ」

そっと差し出す湯飲みの甘酒を思わず手にしたのは、赤鬼のような顔つきで、一際体の大きな職人だった。

「こりゃすまねえな、姉ちゃん……見かけない顔だが、新入りかい」

「はい。よろしくお願いします」

ニコリと微笑みながら、他の職人たちにも配るのは、襷がけに姉さん被りの桃香である。真夏に売れる甘酒が、ここでは休息で飲まれるのである。

「お金を作るのって、大変なんでしょうね」

「まあな。慣れれば、どうってことはねえが、煮えたぎる金属は危ないからよ。誰にでもできるってもんじゃねえやな」

「でしょうね……銀貨を作るとなれば、よく銀を精錬しないといけないし」

「そこが一番難しいな、何年やってても……塩梅を見極めるにはコツがいるからよ」

「瑠粕から鉛だけ取り出すのも大変なんでしょ？　その鉛を使って、また銀や銅を抽出するのに使うんですものね」

「若いのによく知ってるな、姉ちゃん」

「みんなが話してることですから」

「ほう、みんなが？」

「ええ。瑠粕だけを固めて、朱銀に見せかけるんですってね」

桃香が屈託のない顔で訊くと、職人たちの顔が強張った。周りを見廻してから、

「姉ちゃん。それを誰から聞いた」

「ですから、みんなから。そうなんでしょ？　それって悪いことなんですか」

赤鬼のような職人は湯飲みを置くと、囁くように、

「――めったなことは言わない方がいいぞ。お役人は屋敷内に一杯いるし、とっ摑まったら、只じゃすまねえからよ」

「いけないことなんですか」

「おまえ……もしかして頭が弱いのか？」

関わりは避けようとばかりに、職人たちはシッシと桃香を追っ払った。だが、少し離れた勘定方から、役人風が近づいてきて、

「何を話しておる」

と尋ねた。

その役人風とは、伊右衛門であった。桃香はすぐに分かったが、初めて会ったような表情で、頭を深々と下げると、

「今日からお世話になっております」

「来い――」

半ば強引に桃香の腕を摑んで、職人たちを睨みつけるや、

「余計な話はするな。よいな」

と役場の方へ連れていった。そして、片隅に座らせると、

「どういうおつもりですか」

丁寧な言葉で訊いた。桃香はキョトンとしていると、

「惚けなくても結構です、若君」

「えっ……！」

「かような女装をしてまで、銀座御用屋敷に入って、何を調べているのです」

一瞬、桃香は驚愕したが、〝女装〟という言葉を聞いて、少し安堵した。伊右衛門は、桃太郎君が女に扮していると解釈している――そう思うと、気持ちを落ち着けて、

「なんだ。バレていたのか。でも、どうして分かったのだ」

「幾ら変装をしても、歩き方とか所作、表情やちょっとした癖などは隠しきれないものですぞ。それに、この耳……」

伊右衛門は、指先で軽く桃香の耳に触れ、

「髪で見えなくしてるようだが、耳の形だけは絶対に分かるのだよ、同じ人間であると。逆に言えば、どんなに瓜ふたつでも、耳の形だけは違うのです」

「そうなの……いや、そうなのか？」

「いずれにせよ、女装をしてかような場所で何を調べておるのか存じませぬが、由々(ゆゆ)しきことでござる」

険しい顔になる伊右衛門に、桃香は誤魔化すために、

「困った困った……かようなことが御老中に知られては、若年寄に推挙どころの話ではなくなるのう……」

「そうではありますまい」

さらに声を低めた伊右衛門は、体を桃香に近づけて、

「何が狙いなのです。どうも、銀貨のことを調べていたようですが、一体、何をしようとしているのです」

「なにって、別に……」

「理由もなく、かようなことをわざわざするとは思えませぬ。もしや、銀座御用屋敷にて、何か不正を行っているとでも」

詰め寄る伊右衛門に、桃香は小さく頷いて、

「分かった。私の思いを話すゆえ、ふたりだけになれる所に参ろう」

「ふたりだけに……残念ながら、拙者にもそのような嗜好はありませぬが」

「そうではない。これまで私が掴んでいる不正をきちんと話すゆえ、それを御老中にお伝え願いたいのだ」

真剣なまなざしで桃香が言うと、わずかに伊右衛門は身構えた。

「御老中に……」

「はい。おぬしは細川越中守のご家臣でござろう？　この御用屋敷の中では、〝偽金〟が作られておる節がある。しかも、そのことに、事もあろうに越中守様のご子息、尚貴様が関わっているかもしれぬのだ」

「……」

「おや。驚かぬのか」

「いえ……意外なこと過ぎて、言葉を失ってしまいました」

「さようか。ならば、詳しく話すゆえ、ふたりだけに……誤解するでない。我が藩の屋敷で、じっくりとな」

桃太郎君、いや見た目は桃香が主導権を握る形で、表門から外に出ると、小名木川沿いの道を、お光が小走りで来ていた。

「桃香さん……大変。お多喜さんが、誰かに連れていかれちゃったの」

「えっ。どういうこと？」

「今日も私と一緒に、旦那の佐兵衛さんを探しに出てたんだけど、そしたら数人のお侍が来て、いきなり……」

お光が言い終わらないうちに、驚愕の声を発したのは、常に冷静であるはずの伊右衛門の方だった。

「どういうことだ」

「え……？」

困惑したお光に、桃香の方が答えた。

「この御仁は、御老中・細川越中守の御家臣。構わないから、話して」

「あ、はい……とにかく、来て下さい。うちの兄ちゃんも探してるんだけど」

何かを察した伊右衛門は、とにかく一目散に駆け出した。

「古坂殿！」

桃香は声をかけたが、伊右衛門は振り返りもせず、腰の刀に手をあてがい、猛然と走り去った。その姿を見送りながら、

「どういうこと……？」

お光が訊くと、桃香は首を傾げながらも、

「あの人、紋三親分の家の前で、お多喜さんの姿を見て、とっさに隠れたのよ」

「え……」

「もしかしたら、もしかするかもね。私、けっこう勘がいいから」

にこり微笑んだ桃香は、困惑するお光を横目に、急ぎ足で後を追うのであった。

七

深川洲崎(すさき)十万坪は、塵芥(じんかい)で埋め立てられた所で、材木置き場として使われているが、元々は湿地帯だったため、今でも大雨が降ると水捌(は)けが悪い。逆に言えば、水回りが良いので、流行(はや)りの金魚の養殖所が多い。

前夜の雨で溢(あふ)れ出たのか、不気味なほど沢山の金魚が、地面でピチピチ跳ねていた。

丁度、細川越中守の下屋敷から、横十間川を挟んで反対側になるが、そこには幾つかの武家屋敷の蔵が建てられていた。

そこを、細川家が折檻(せっかん)場所などに使うことを、伊右衛門は知っていたのだ。

――もしや……。

と思いつつ駆けつけると、ある蔵に飛び込んだ。

そこには、連れ込まれたばかりのお多喜が、柱に縛りつけられており、目隠しまでされていた。数人の侍がその周りを取り囲んでいる。尚貴の家来であることは、伊右衛門には一目で分かった。

「何をしておる」

「見てのとおりだ。おぬしでは、ひと思いにできぬと思うてな」

家来の頭目格である新藤という男が言った。家中でも一番の剣術の腕前だ。切れ長の目が、意志の強さも物語っている。

「よせ。その女を仕留めるなら、この俺が……」

言いかけた伊右衛門を制して、新藤は近づかせぬとばかりに立った。

「若殿の命令だ。消す前に、知っていることを聞いておけとな。もし、おまえとのことを人に話しておれば、そやつらも探して始末せいとのことだ」

「愚かな。俺が何者かなど、この女はもとより、誰も知る由もない」

「だが、こうして江戸まで訪ねてきた。おまえが江戸から来たと知っている証だ」

「……」

「もはや、おまえに関わりはない」

冷たく言い放つ新藤に、伊右衛門は一歩踏み込んで、

「そうはいかぬ。その女の腹にいる赤ん坊は、俺の子なのでな」

「ふん。分かるものか」

「どけ。その女には、俺が篤と話して聞かせ、国元に送り返す。それでよかろう。女は何も知らぬのだ」

「御庭番のくせに、人に情けをかけるのか。草に生きる者は草に死ね」

嫌味を帯びた目で新藤が睨むと、さらに間合いを詰めながら、伊右衛門は言った。

「俺は上様直属の御庭番……おまえらごときの指図は受けぬ」

「――ほう。やると言うのか」

新藤は刀に手をあてがい、鯉口を切った。伊右衛門もためらう様子はなかった。緊迫した中で、他の家来たちも抜刀できるように身構え、伊右衛門の背後や横に廻った。

蔵の中といっても、がらんどうである。一斉に数人が斬り込むこともできよう。

だが、新藤が合図をするまで、家来たちはじっと待っていた。

　次の瞬間、新藤が刀を抜き払おうとした。寸前、伊右衛門は姿が消えたかと思う速さで、新藤の目の前に飛び、相手の刀を鞘に押し戻して、足払いをして倒した。

　したたか土間で背中を打った新藤は、咳き込むこともできなかった。その喉元には、すでに伊右衛門の抜き払った刀の切っ先が、かすかに触れている。

「このまま突いてもよいのだぞ。上様から、誰にでも斬り捨て御免を許されておる」

「……よ、よせ」

「帰って、尚貴様に伝えろ。これ以上、難儀なことをすれば、御父上共々、鉄槌が下ることになる、とな」

　切っ先をずらして脇腹を蹴上げると、新藤は呻きながら這い上がり、他の家来たちとともに蔵から出ていった。

　すると、お多喜が声を洩らした。

「――おまえさん……ですね」

「……」

一瞬、たじろいだ伊右衛門だが、縄を切り、目隠しを外してやった。

お多喜の目が、外からの光のせいか、一瞬、幻惑したように燦（きら）めいた。心なしか、口元も歪んだように見えた。

だが、その目には俄に涙が潤んできて、お多喜は伊右衛門を見上げ、

「会いたかった……ああ……」

と切なげに言った。

抱きしめようとした伊右衛門だが、感情を押し殺すように手を取って立たせた。

「ここにいれば危（あや）うい。何処ぞ余所（よそ）に参ろう。さあ」

肩を抱き寄せて表に出ると、そこには紋三が立っていた。

「あいつら、細川越中守様の御家中の者だったんですね。古坂伊右衛門様」

「……聞いておったのか」

「古坂……？」

お多喜は呟いて、不思議そうに伊右衛門を見上げたが、紋三は何かを知っているような面持ちで、ふたりに微笑みかけた。

「よかったら、あっしの家に……悪いようには致しやせん」

「岡っ引ごときに情けなどかけられぬとも……」

伊右衛門が言うと、お多喜は手を引いて、

「お世話になっていたのです。親身になって、あなたのことを探してくれていたのです」

「それだけじゃありやせんがね」

意味深長なことを言ってから、紋三はふたりを連れ帰るのであった。

奥座敷で、ふたりだけにしてやった紋三は、駆けつけてきた桃香にも、「黙って見てな」とやんわり言った。お光もまた気が気で仕方がなかった。

伊右衛門とお多喜は、差し出された茶にも最中にも手を出さず、ただ懐かしそうにじっと見つめ合っていた。

「すまなかった……おまえの腹に、やや子が宿っていようとは……」

静かに伊右衛門は言ったが、お多喜は愛おしそうに見ながらも、少し無念そうに、大きなお腹をさすって、

「知っていたら、館林に留まってくれましたか？」

「……」

「佐兵衛という名も嘘だったのですね。公儀御庭番の古坂伊右衛門……それが、

本当のおまえさんなのですね」

「すまぬ。足尾銅山に対する館林藩の動きを探るために、おまえと夫婦になった」

伊右衛門は頭を下げた。

「おまえの店は、城代家老の長澤頼母と少なからず繋がりがあり、夫婦になれば色々と調べやすいと思ったのだ。役儀のためとはいえ、すまなかった。このとおりだ」

さらに頭を垂れる伊右衛門に、お多喜の目がほんのわずか憎々しげに歪んだ。先程、蔵の中で幻惑したように燦めいた目つきと同じだった。

「だが、お多喜……俺は今も、上様直々の拝命を受け、ある探索を続けておる。ゆえに、おまえと元通りになることは叶わぬ……だが、もし……」

「もし……？」

「願いが叶うならば、江戸にいて、俺と暮らしてくれぬか。やや子とともに……館山の店があるなら、そっちへ行ってもいい」

「……」

「勝手に姿を消した亭主が、今更、何をと思うておるのだろうが……これは、俺のささやかな願いだ」

「ささやかな……」

「ああ。たしかに俺は隠密探索のために、おまえと一緒になったが、心底、惚れていたのは嘘ではない。もし、赤ん坊のことを知っていたら、あのままいたかもしれぬ」

感傷に浸ったような伊右衛門に、お多喜はまたかすかに恨みがましい目になって、

「あのままいて、どうしたのです。ずっと館林藩のことを探り続けたのですか」

「いや、それは……」

「草に生きる者は、草に死ね……さっき、誰かがそう言ってましたね」

「……」

「だったら、私たちは生涯、添い遂げることなどできないのではありませんか?」

「なに……?」

「そのお気持ち……私にもよく分かりますから」

お多喜はそう言うと同時に、隠し持っていた懐刀で、伊右衛門を斬りつけた。

ふいをつかれた伊右衛門は腕を斬られたものの、咄嗟(とっさ)に身を躱(かわ)した。だが、さらにお多喜は鋭く斬りかかり、その切っ先が伊右衛門の喉元に突き刺さった――かに見えたが、さすがは御庭番だけあって、一寸で避け、お多喜の腕を押さえようとした。

しかし、お多喜は身重でありながら、素早い動きで腕を振り払い、相手の袖の下を擦り抜け、背後から羽交(はが)い締(じ)めする格好で、首に懐刀をあてがった。

次の瞬間、伊右衛門はお多喜の手首をねじ上げ、懐刀を奪い取って投げ捨てた。それでも、鋭く長い簪(かんざし)を髪から抜き取って、手裏剣(しゅりけん)のように投げつけ、別の刃物を握りしめ、お多喜は躍りかかろうとした。

大きな腹を、伊右衛門は蹴飛ばそうとしたが、ためらった。その隙に、お多喜は伊右衛門の片足を払い、倒したところへ馬乗りになった。そして、喉元に刃物を突きつけようとしたとき、

「ううっ――」

急に悶絶(もんぜつ)しながら、そのまま横に崩れた。

格闘はほんの数える間のことで、紋三たちが駆けつけてきたときには、ふたりとも転がっている状況であった。

「騒がしいようでしたが、どうしたのです」

お光が悲鳴のような声で言うと同時に、お多喜に駆け寄った。

「兄ちゃん、産婆さんを呼んできて！　それから、町医者の藪坂先生も！　早産かもしれない。破水してるから早く！」

切羽詰まったお光の声に、紋三の方が慌てて飛び出そうとすると、

「お任せあれ」

と言いながら、久枝が入ってきた。

讃岐綾歌藩の女中頭である。「なぜ、ここへ」と桃香は声をかけたが、そんなことには答える暇もなく、

「お産は幾度も立ち合ってます。何人も取り上げたこともありますので、さあ、落ち着いて下さいよ、ええと……」

「お多喜さんです」

と、お光が教えると、久枝は冷静に名前を呼びながら、息を整えさせた。お光と桃香は手際よく床を整えたり、気付けや盥湯を用意したりし始めた。このような異変の折は、やはり女はテキパキとやるべきことをやり、手際がよい。

感心して見ている紋三に、久枝が厳しい声で、

「親分さんもボーっとしてないで、もっとお湯を沸かして、お酒も持ってらっしゃい」

と怒鳴った。

「はい――」

素直に従う紋三に従うように、伊右衛門も狼狽（ろうばい）しながらも、せっせと久枝らに言われるがままに動くのであった。

出産騒動は一晩続き、激しい難産の末、夜明け頃になって、お多喜はようやく小さな女の子を産んだ。

か弱い泣き声だったが、朝焼けとともに眩（まぶ）しいほどの光が広がった。

八

越中守下屋敷では、尚貴が常軌（じょうき）を逸したかのように、激しく怒りまくっていた。

「おのれ！　何様のつもりじゃ！　叩き斬ってやる！　殺してやる！」

大声で叫びながら、掛け軸を引き破り、壺を投げ捨て、襖（ふすま）を蹴破って、刀を振り廻して庭木を切り倒した。毎度のことながら、感情を抑えきれなくなると、家臣たちも手をつけられないほど大暴れするのだ。

「伊右衛門を連れてこい！　何が上様の御庭番じゃ！　俺が成敗してやるわ！」

脳天から声が飛び出るほど叫んでいると、渡り廊下に、伊右衛門が現れた。

その姿を見るや、尚貴は酒も入っている勢いもあるのか、刀を振り廻しながら近づいてきて、大上段に構えた。

「そこへ、直れ、伊右衛門！　おまえは前々から俺をどこか見下しておったな。どうせ、老中の父親を持ち、虎の威を借る狐に過ぎないと思うておったのであろうが！」

興奮のあまり、仰け反って尻餅をついた。

新藤ら家臣が慌てて、助け起こそうとしたが、尚貴はブンブンと刀を振り廻して、悪態をつくだけであった。

その前に、正座をした伊右衛門は、真顔で尚貴を見上げ、

「女房のお多喜に、命を狙われました」

と伝えた。

「向こうの方が、一枚、上手でした」

「――何の話じゃ……」

「銀座御用屋敷に出入りしていた、館林の『伊佐美屋』という売り銅問屋……その番頭、儀助は、館林藩の密偵でしたが、そやつに〝偽金〟作りを知られたため、始末をしましたよね」

「……」

「野武士の仕業に見せかけ、実際に手を下したのは、そこの新藤たちだが、儀助のことを探り出したのは拙者ゆえ、同罪でござる」

「同罪……公儀を探る密偵を消すのが、罪だというのか、おまえは」

尚貴は怒りが収まらず、刀を振り上げたが、伊右衛門は微動だにしない。

「女房への罪です……」

「下らぬ」

「儀助は、お多喜の実の兄だとか……で、お多喜もまた、館林藩の密偵で、〝くの一〟のような働きをしていたとか」

伊右衛門の話に、尚貴も驚きを隠せなかった。

「！……まことか」

「お互い草の者同士とは気付かず、夫婦になっていたというわけです」

伊右衛門は自嘲気味に笑って、

「だが、儀助の死にずっと疑念を抱いていたお多喜は、俺がいなくなってから、あれこれと調べた挙げ句……兄の敵と分かった……それで、俺を探して江戸まで来たと」

「……」

「しかも、細川越中守……に当たりもつけていた。だから、新藤らにもあっさりと捕まったのであろう。下手すれば、おまえたちの方が殺されていた。生きてて良かったな」

挑発するような言い草に、新藤らはカチンとなったが、伊右衛門は素知らぬ顔で、尚貴を睨み上げて、

「――申し上げましょう……銀座御用屋敷で行われている〝偽金〟同然のものを作っているのは、越中守ご自身の差配ではなく、これまでも、尚貴様、あなたが勝手にやっていたことでござるな」

「そ、それは……」

「儀助を葬ったことで、公儀の不正が表沙汰にならず、御父上にも迷惑がかからず、ましてや上様にも累が及ばなかったが……おまえのやった罪は重い」

「おまえだと……!?」

尚貴はまた刀を乱暴に一振りして、

「無礼者。斬り殺してやる」

「精錬した銀の方は、この屋敷に運び、長崎などの銀問屋に密かに売り捌いて、荒稼ぎをしていたこと……俺もしばらく、この屋敷に潜り込んでいて、よく分かった」

「うぬ……」

「上様の命令ゆえな。悪く思うな。今頃は、綾歌藩の若君が……ほれ、この屋敷にも来ておった、あの若君が上様にお伝えしておろう。俺が調べたこと、そして、お多喜が儀助から託されていた書き物も持参してな」

伊右衛門の話すことを、尚貴は俄に信じられぬとばかりに首を横に振った。伊右衛門は同情の顔も見せずに、

「ここに、御父上から預かった文がある。篤と読んで、自らの進退をご決断されよ」

と手渡そうとした。

尚貴は新藤に文を受け取らせ、それを読んだ。すると、みるみる表情が強ばり、怒りに任せて破り捨てた。

「もし、切腹を拒むようなことがあれば、あなた様を斬り捨ててよいと、上様からも御父上からも頼まれております」

「嘘じゃ、嘘じゃ。父上がかようなことを言うわけがないッ」

「……」

「俺は一粒種だぞ。俺がいなくなれば、細川家は御家断絶だ。そんなことを、父上が望むはずがない」

「だから、何をしても許されると、今まで酷いことを繰り返していたのですか。若い頃からの悪行を、今ここで並べ立てなくとも、罪なき者を虫けらのように死に追いやったこともございましょう」

「おのれ……」

「どうか、お気を静めて、御父上の思いを……」

「うるさい！」

叫びながら尚貴は刀を振り上げると、伊右衛門に斬りかかった。体を躱してよけると、その柄を握り、小手返しで倒した。新藤たち家臣が慌てて反撃をしようとしたが、

「やめろ。おまえたちも切腹になるぞ」

と言うと、伊右衛門は奪い取った尚貴の刀でバッサリと斬った。

ポトリ——と落ちたのは、髷(まげ)であった。

「上様には、見事に切腹して果てたとお届け致す。御父上には、俺が取り繕っておこう。文では自刃せよと書いても、心の中ではそう思うてはいないだろうからな。出家して、悔い改めなされ」

伊右衛門が静かに言うと、尚貴は髷を取られて垂れた髪に手をあてがいながら、激しく慟哭(どうこく)するのであった。


一月程の後——。

中川船番所に、伊右衛門とお多喜の姿があった。もちろん、腕には小さな赤ん坊を抱っこしているが、〝入り鉄砲に出女〟は、享保(きょうほう)の世にあっても、依然と厳しかった。船荷改めと同時に、江戸から出る女の身許は、何度も改められた。

「館林城下の絹問屋『駒屋』主人の佐兵衛と、女房お多喜……間違いないな」

番所役人が通行手形と見比べながら、問いかけると、ふたりとも素直に頷いた。

「江戸には何をしに参っておった」

「里帰りです。実家で赤ん坊を産みまして……」

「さようか……その子の名は……」

「朝と申します。朝焼けの綺麗な日に生まれましたので」

「ふむ。女の子だな」

「はい。これも出女になりますかな、お役人様」

伊右衛門……いや佐兵衛が訊くと、番所役人は首を横に振り、

「それには当たらぬ」

と言うと、今度は、お多喜が微笑みかけ、

「この子が、私たちの喧嘩を止めてくれたのです」

「喧嘩……夫婦喧嘩か」

ふたりは、おかしそうに顔を見合わせた。乱闘した時のことが、脳裏（のうり）に蘇（よみがえ）ったのだ。そして、お多喜が微笑みながら、

「ええ。お父っつぁんとおっ母さんがいてこその、この子……そして、この子が生まれたからこその、私たちなんです」

「それは、目出度い。だが、もうひとつ……」

まだ何か問いかけようとする番所役人に、格子塀越しに、紋三が声をかけた。

「その人たちなら、大丈夫ですよ。この一月、あっしの家にいやしたから」

「おお、これは紋三親分……ああ、そうでしたか、紋三親分ちが実家なら、間違いはないな……そうだったか、そうだったか」

番所役人はそれ以上は何も言わず、ふたりが乗る船を通した。

佐兵衛とお多喜は深々と紋三に頭を下げると、その傍らに立った桃香の姿も目に入った。それを船上から見るなり、佐兵衛はなんとなく困惑気味の顔になって、

「しかし、なんだな……あの若君も女装好きとは先が思いやられるな」

「えっ。女装？」

「ああ、俺にはどうも分からぬがな」

「違いますよ。あれは姫君ですよ。女です。姫君だけれど、若君のふりをさせられてるのです。だから、女の姿が正しいのです」

「……？」

「たしかに何か訳があって隠しているようですが、気付かなかったのですか。私が出産するときの、あの面倒の見てくれ方、若君ができると思いますか」

「そういえば……」

「でしょ。それに、私、見ちゃったんだもの、胸とかも……おまえさん、やっぱり隠密にしちゃ、女を見る目がないんじゃ？」

アハハと愉快そうに笑うお多喜とその腕にいる赤ん坊を、佐兵衛こと伊右衛門は愛おしそうに抱きしめた。

そんなふたりを見送る紋三と桃香は、いつまでも手を振っている。

門前仲町にも、もうすぐ春が訪れそうな、暖かな日和だった。

第二話　織姫の涙

一

「それじゃ、達者でな」

「頑張るんだぞ」

「何かあったら、大声をあげな。すぐに助けに来るからよ」

「精一杯、いい織物を作ってくれよ」

　などと声をかけながら、旅支度をした村の男たちが二百人余り、船着場で女房や娘たちと別れを告げていた。

　まるで今生(こんじょう)の別れのように、抱き合って泣く夫婦や父娘(おやこ)たちもいたが、ほとんどは笑顔で手を振っていた。

　向島(むこうじま)は荒川(あらかわ)流域にある渋江村(しぶえむら)は、これから二月の間、男衆はひとり残らず、村から追い出され、女だけの村になる。

朝廷宮中や将軍家に奉納する上等な絹織物をはじめ、立派な織物作りをするため、男子禁制となるのだ。その間、男衆は江戸に出稼ぎにいくことになる。

このような慣習は、古来、多くの村にあったことだ。朝廷宮中の女官がしているように、蚕(かいこ)で繭(まゆ)を育てて織物を作るという古式ゆかしいことを、庶民も真似(まね)していたのだ。

男子禁制になっても、貴族の男たちは遊んでいるだけだからよいが、百姓はそうはいかない。その際、男手がなくなるため、田植えが終わるか、稲刈りが終わってから、執り行われるものだった。

だが、渋江村では田植えの前の時期に織物作りをやり、男衆が帰って来てから、女たちも一緒に田植え作業をするから、まさに働きづめであった。

わずか二月とはいえ、夫婦や父娘が離れて暮らすのは辛(つら)いものである。しかし、さほど米作が豊かでなかったこの村にとっては、大きな収入源ゆえ、しばしの別れくらいは我慢しなければならなかった。

我慢できない問題は、

——男衆がいなくなった村に、盗っ人やならず者が入ってくる。

ということであった。

女たちに乱暴を働き、金や物品を盗んだり、時には若い娘がさらわれて、岡場所などに売り飛ばされる事件もあった。ゆえに、近頃は村の外に見張り番所を幾つか立て、男衆が交代で、悪い奴が来ないか警戒をしている。

村の出入りに使われる通りには、番小屋と竹矢来があるが、村全体が囲われているわけではない。番人役の男衆たちの目を盗んで、賊が出入りすることはできる。だから、夜の巡廻（じゅんかい）なども強化していたものの、不安は拭（ぬぐ）いきれるものではなかった。

せっかく織り上げた高価な絹織物を盗まれようものなら、大きな損失になるだけではなく、朝廷や幕府からきついお咎（とが）めがあるであろう。村人たちは、この時節は心身共に恐々としていた。

そこで——。

今年も何人か、女武芸者なども招き入れていた。

以前は、村の女たちが〝自警団〟を作って、槍や弓矢などの鍛錬をして、賊が来た場合に備えていた。が、女たちの力などたかが知れており、乱暴者に対抗するのは難しい。ただでさえ織姫として働いて疲れているのに、武芸の稽古（けいこ）とは大変である。

そこで、十数人の武家女を雇い入れ、万一に備えていたのである。

その中に、なぜか桃香もいた。

武家女たちは、みな鉢巻きに襷がけ、薙刀を持って、まるで大名の奥向きを守る別色女のように村中を見廻っていた。

桃香は〝若君〟として育てられたとはいえ、武家女でもある。剣術や柔術、弓術、槍、薙刀、小太刀などの鍛錬は積んでいる。しかも、並みの侍など倒してしまう、なかなかの腕前だから、日を重ねるごとに、護衛役の統率役になっていた。

今日も——桃香は先頭に立って、三人一組となって、村のあちこちを巡廻していた。

すると荒川を挟んだ向こう岸に、騎馬の一団が現れた。

ざっと三十騎はいようか。野武士の軍団のようだが、かつて見たことのない姿だった。それぞれが、まるで戦国武者のような鎧や兜をつけたり、長槍や鉄砲を抱えている。

何頭もの馬の嘶きが、川風に乗って、不気味に聞こえていた。

合掌造りの機織り小屋の中で、仕事をしていた女たちも不安な顔で、軒窓から外を見ている。武家女たちは、「心配ないから」と慰めて廻ったが、やはり男衆がひとりもいないということで、恐怖すら起こった。

桃香は遥か遠くを見ながら、

「荒川は何十間(なんじっけん)もの幅で、川の流れも早くて深い。馬が渡れるわけがない。大丈夫」

と言ったが、隣にいた美蘭(みらん)という武家女が、

「甘いな……」

と呟(つぶや)いた。

「あいつらは岩馬(いわま)一族の仲間であろう」

美蘭という女は、身の丈五尺七寸はあろう男勝(まさ)りの大柄で、潰し島田が似合わぬ険しい顔つきであった。仲間内では、女弁慶と呼ばれていた。ならば、さしずめ桃香は、女牛若丸というところか。

「岩馬一族……聞いたことがある。その昔、関東一円の戦国大名が怯えており、北条(ほうじょう)氏や今川(いまがわ)氏でも一目置いたという……」

「さよう。国を持たぬ大名と恐れられていたのだ。何をしでかすか分からぬゆえな」

「しかし、今は泰平の世。騎馬軍団の盗賊など聞いたことがありません」

「現に、あそこにいるではないか」

「だが、江戸府内は騎馬は禁じられており、あやつらが川を渡って来るためには、千住宿を抜けなければならい。無理でしょう」

「ここは江戸府内ではない。しかも、あの騎馬たちは、泳ぎが得意とか」

「まさか……」

桃香は口では否定したが、激流を渡る名馬や急峻な崖を上り下りする軍馬を目にしたことがある。槍や鉄砲を持った騎馬軍団が、もし村を襲撃してきたら、ひとたまりもないと感じた。だが、首を振り、

「いやいや……考えすぎです。あれは、ただこっちを見ているだけでしょう」

「物見遊山にわざわざ徒党を組んで来ているとも思われぬ。渋江村が今、絹織物を作っていることは知っているだろう。出来上がった頃に来るか、あるいは別の狙いかは分からぬが……警戒するに越したことはない」

「別の狙いとは……？」

「この村には、〝葛西の客人大権現〟があって、江戸府内から大勢が参詣に来ている。そこには、物凄いお宝が眠っているという噂を真に受けて、村の男衆がいないうちに襲ってくるつもりかもしれぬ」

その頃は、『白髭八王子客人権現合社村ノ鎮守』と記されており、白髭・八王子・客人の三権現が渋江村に祀られていた。今は白髭神社として知られる鎮守の神様だが、当時は〝客人大権現〟として知られていたのだ。

客人とは、稀に来訪する神様という意味だが、その神様を丁重におもてなしすることで、大いなる福寿を授かった。神社には、遊郭や歌舞伎などの芝居小屋、飲食業者が、数多く奉納していたが、

——千客万来。

を祈願するためである。

人と人の縁を結ぶということと、機織り娘が糸を結う村ということから、縁結びの神様としても知られていた。そのため、女の参拝客が絶えなかった。

だが、機織りの間は、客人大権現にも参ることはできない。

「機織りをする二月、神様はずっと居続けておる。だけど、参拝はできない。なのに、盗賊が来るなど許せようか」

物言いまで男のような美蘭は、大きな体を揺らして、ブンと薙刀を振った。

「これは戦だ。私たちも覚悟をせねばな」

「眠っているお宝とは？」

桃香が聞き返すと、美蘭は知らないと答えた。やはり只の噂であって、宝があるとすれば、帝や将軍に献上する、娘たちが織った絹織物に他ならないと言った。

「──美蘭さん。あなたは一体、何処のどういうお家柄なのです」

「家柄が関わりあるのか。私たちは村から金で雇われた、いわば傭兵だ。この腕だけが物をいうのだ」

「そうでしたね……」

「おまえのような華奢な体で、あの野武士たちと戦えるかどうか、見物だ」

美蘭がまたブンと音を立てて薙刀を振ると、傍らにいたもうひとりの武家娘が、何がおかしいのか笑った。

短めの着物に、〝くの一〟のような軽装である。だが、背中には弓を掛け、十数本の矢を矢筒に入れてある。桃香よりも少し小柄だが、俊敏な動きで無駄がなく、見るからに鍛錬している体つきだった。

「敵は外にだけいるとは限らないよ」

冷静な声で〝くの一〟風の女が言うのへ、美蘭は鋭い目になって、

「どういう意味だ、早苗」

と訊いた。

早苗と呼ばれた女は感情が乏しい声で、淡々と答えた。

「この何年か、私たちはこの村で機織りの間、用心棒役をしてきたけど、村の女たちは誰も犠牲になっていない。でも……」

「でも……？」

桃香が聞き返すと、早苗はキッと睨みつけて、

「あんた……新顔だね」

「ええ」

「誰の紹介で、この村に来たんだ」

「紋三親分にです……門前仲町の岡っ引、紋三親分……知りませんか？」

「知らないね。岡っ引如きに守れるとは思えないけれど……まあ、いいや。村の女は守れたけれど、私たちの仲間は三人も犠牲になった。しかも、ただの押し込み強盗にだ」

「……」

「今年は、美蘭が見立てたとおり、岩馬一族が押しかけてくるとなれば、ひとたまりもないさね。命を賭ける覚悟はあるのかい」

「そりゃ……」

「ないなら、綺麗なその着物が血で汚れないうちに出てった方がいい」

「いいえ。戦います」

「ふうん、そうかい。でも……村の女たちは誰もが親切なわけではないよ。私たちを金で雇ってるからって、酷い扱いする年増もいる。そんな奴らも守るんだ。せいぜい、気を抜かないでおくんだね」

早苗は嫌味たらしく言うと、荒川の対岸で、まだうろついている野武士の軍団を、じっと眺めていた。

やがて靄がかかって、岩馬一族の騎馬の群れは消えたが、馬の嘶きだけは聞こえていた。

二

本所菊川町の讃岐綾歌藩上屋敷の邸内では、城之内左膳が苛々しながら、歩き廻っていた。もう半刻も隅々まで探しているのに、桃太郎君の姿がないと騒いでいるのだ。

「久枝殿！　今日という今日は、我慢ならぬぞ！　あれだけ勝手に外出させるな。

するときは身共に言えというておるのに、これ！」

腹が立ちすぎて襖の桟で足先をしたたか打ち、転がりそうになった。必死に踏ん張ったが、捻った親指が痛くて、

「ひいい！」

と情けない悲鳴を上げた。

横目で冷ややかに見ている久枝は、声だけは同情しているように、

「そのくらいの段差に躓くとは、足腰が衰えている証拠でございます。江戸家老という立場なのですから、剣術の稽古くらいなさったら如何でしょう」

「だ……黙らっしゃい……アタタ……若君は何処にいるのだ」

「大丈夫でございます。もう立派な大人ですから」

「そういうことではなかろうッ。我が綾歌藩の跡取りなのだぞ。万が一のことがあれば、如何するつもりじゃ」

「御家老。若君が町場に出ることは、あまり感心できません。しかし、いずれ人の上に立つ者として、巷に暮らす庶民の姿を見て、哀歓を知ることも大事なこと」

「屁理屈を申すな」

「しかも、ひとりで出ているのではありません。側役の小松崎や高橋が警護についておるではありませんか」

「そいつらがまた見失ったというから、困っておるのだ」

「あら。それならば、お二方の落ち度ではありませぬか。叱責ではすみませぬぞ。これは一大事、私も探しに参ります」

　久枝は翻ると、奥向きに戻っていった。もちろん、城之内の矛先から逃げるためで、桃太郎君が何処へ行っているかは承知している。

　そのとき――。

　南町奉行・大岡越前の元内与力だった犬山勘兵衛が訪ねてきた。

　如何にも武芸者らしい偉丈夫で、めったに微笑すら浮かべない武人である。表向きは浪人の身分だが、隠密のような役目を担っていた。讃岐綾歌藩の若君である桃太郎君のことを、大岡の指図により〝上様の密命〟として探っていたのだが、今は、

　――桃太郎君が実は女である。

　ということを承知している数少ない人物のひとりである。

　むろん、渋江村に〝女用心棒〟として潜入していることも、自ら調べて知って

いた。桃太郎君が何か狙いがあってのことであろうから、犬山は村の外から警護している。だが、正直、お転婆振りには辟易としていた。

この犬山勘兵衛と『雉屋』の隠居・福兵衛、そして岡っ引の神楽の猿吉が、桃太郎君こと桃香を密かに守っていたのである。

「これは、犬山殿……貴殿が来るということは、ろくでもないことが起きましたかな」

皮肉屋の城之内は、あまり犬山のことが好きではないらしい。もっとも、城之内が評価する人物はまずいない。自分が偉いと思っているのかもしれぬが、どうも人と解け合うことが苦手のようなのだ。

江戸家老は、今でいえば〝外交官〟のようなものだから、人嫌いでは困るのだが、讃岐から出向いてきた真面目な人物ゆえ、綾歌藩のためには心血を注いでいた。

顰め面の城之内を目の前にして、犬山は真剣なまなざしになり、

「実は……上様の覚え目出度い大岡様の推挙により、しばらく江戸城中にて勤番することに相成りました」

「江戸城中……!?」

「さよう。予てより、上様も親戚となる綾歌藩には気を掛けて下さり、国元のお殿様の病状のことはもとより、桃太郎君のこれからのことも」

　将軍吉宗が綾歌藩のことや桃太郎君のことを心配しているのは事実である。むろん、桃太郎君が女であることも勘づいている。公儀に男として届け出ていることについては、今のところ問題視していない。むしろ、今後のことを案じているのだ。

「え、江戸城中にて、何をなさるのでしょう」

　心配そうに問いかける城之内に、勘定方や普請方も含めて、あらゆる幕政に精通できるよう奥右筆のもとで、勉学と修業をすると話した。

「今は無官ですが、いずれ何らかの役職に就けた上で、官位を頂けるようにと、周りで取り計らっております」

「つまり、若年寄に向けての下準備……と考えてよろしいのですかな」

「むろんです」

「して、どのくらいの間……」

「そうですな。まずは二月くらいは」

「えっ。そんなに！　時には下城してくるのでしょうな」

「さあ、それは拙者には分かりかねます……とにかく、これはいわば内密に行っておるので、他言は無用。そして、賄賂を渡すなども不要でござる」

「さようか……ああ、さすがは上様……見る目があったのですな。ああ、良かった、良かった……これで国元の殿様にも安堵なされよとお報せできる」

「ですから、まだ殿様にも内緒に……いずれ正式に決まるときがくるでしょうから」

嘘も方便とはいうが、ここまで出鱈目なことを述べると、さしもの犬山も胸が痛んだのか、眉を顰めた。

「む？……どうなされた」

城之内が勘づいて訊くと、犬山は誤魔化して、

「いえ。近頃、胃の辺りがチクチクしましてな……なんやかやで」

「さよう……貴殿も浪人の身でありながら、大岡様の隠密としてあれこれ大変でござるな……お気持ち察しまする」

同情しているように言いながらも、桃太郎君の良い報せを聞いて、城之内が浮き浮きしているのは手に取るように伝わった。

——本当に分かりやすい男だな。

と思いながらも、犬山は嘘をついたことを心の中で詫びた。桃太郎君が桃香として織物の村に潜入しているとは言えず、やむを得まい。

その夜、渋江村の周辺に置かれた番小屋には、篝火が焚かれていた。村の出入り口にある番小屋と、荒川沿いの一角にある船着場では、夜を通して火を灯していた。闇に潜んで侵入を図る賊を見張るためだが、風の強い日は危ないので、消さざるを得ない。が、今宵は幸い風はなく、川面に綺麗に月が映るほどであった。

水辺の枯れた葦がガサガサと音を立てて揺れると、陣笠に頬被りをした男が、ひょっこりと顔を出した。

少し先にある船着場、その番小屋前に焚かれている篝火が、微かに揺れている。まだ肌寒い時節ゆえ、番人の村人たちが数人、体を寄せ合うようにして座っていた。

「ひい、ふう、みい、よう、いつ……五人か……ならば大丈夫だな」

呟いて体を葦の中に引っ込めたとたん、

――ガチャン。

と音がしたかと思うと、陣笠の男は奇天烈な声を上げた。

「ひええ！　いてえ！　なんだ、こりゃ！」

夜空の月が驚くほど響いた。

あっという間に番小屋の男衆が駆けつけ、竹槍や鎌や鍬などを突きつけた。悲鳴を上げながら、葦枯れの中から這い出てきた陣笠の男は——神楽の猿吉であった。

「誰だ、てめえ！」

「ま、待て、待て……お、俺は……岡っ引、か、神楽の猿吉……見廻りに来てたんだ……は、早く外してくれ、頼む！」

猿吉の足には、野兎を獲る足枷のような仕掛けがガッツリと食い込んでいる。

「岡っ引だと。本当か。盗賊一味じゃねえのか！」

竹槍を突きつけつつ、男衆の頭目格が大声をかけて迫った。

「ほ、ほんとだ……門前仲町の紋三親分の……こ、子分だ……頼む、た、助けてくれ」

しまいには情けない顔になっている。男衆が猿吉の体を調べると確かに十手がある。それでも油断をせずに、男衆たちは取り囲んでから、慎重に取り外してやった。

脹ら脛には罠の形がくっきりとついており、血が出て、俄に腫れ上がってきていた。

「情けない岡っ引だな」

男衆たちに引きずられるように、番小屋まで連れていかれると、篝火に猿吉の顔が浮かび上がった。それを見たのか、竹矢来の中から、声がかかった。

「猿吉親分じゃないですか。どうしたのです、こんな所で」

振り向くと、鉢巻き姿に薙刀を抱えた桃香がいた。

「あっ。桃香……無事でなによりだ」

「え……？」

「紋三親分から、おまえがここに来てるから、心配だから様子を見てこいと命じられてよ。そしたら、なんだか知んねえが、罠に引っ掛かっちまって。いてて」

思い出したように足をさすりながら、座り込んだ。

「どうやら、紋三親分の子分というのは本当のようだな。だが、兎の罠に掛かるとは間抜けな岡っ引だ」

頭目格はそう言ってから、伸助だと名乗った。

「この葦原のあちこちには、罠を仕掛けている。相手は泣く子も黙る岩馬一族らしいから、用心には用心とな」

「岩馬一族だって⁉」

猿吉は驚いて、ぶるっと震えた。江戸にこそ現れることはないが、関東一円の城下町や宿場町では、カマイタチのように根こそぎ金や物を奪い去り、若い娘たちも攫っていくという噂の悪党だからである。

「それが本当なら、こんな程度の守りじゃダメだな。本腰を据えなきゃよ」

桃香の方を見ながら、猿吉は険しい顔になった。

三

その夜、遅く——南町奉行所に、紋三が訪ねてきていた。表の役所と奉行の役宅の間にある〝桔梗の間〟である。

毎度のことながら、紋三は南町奉行所に来ると、この部屋に招かれることになっている。本来、岡っ引のような町人は、お白洲の際に訴訟人が来る町人溜にしか入ることができない。十手持ちであっても、門の外で待たされるのが通例である。

それほど、紋三は特別扱いであった。大岡越前が直々(じきじき)の御用札を渡しているくらいだから、当然のことであろう。

この〝桔梗の間〟は本来、客間であるが、大岡は隠密廻り同心などの密談に使っていた。紋三と会うのも、ほとんどは秘すべき御用の話だからだ。

火鉢ひとつしかない殺風景な部屋で、茶も飲まず、酒も汲(く)み交わさない。

「――渋江村のこと、とな……」

大岡はすでに寝間着(ねまき)の上に、丹前(たんぜん)のような厚手の衣も掛けている。

「先程、あっしの手下が駆けつけてきたんですが、織物の村は毎年のことながら、二月の間、男衆がおりやせん」

紋三が語りかけると、不機嫌になることでもあったのか、いつになく突(つ)っ慳貪(けんどん)に、

「承知しておる。それが、なんだ」

「今年は、悪名高い岩馬一族の一味と思われる者たちが狙っている節がありやす」

「なんと、まことか」

「へえ。そのことについては、あっしも前々から気がかりだったのですが、本当のことになりそうなんで」

「前々から……とは？」

聞き返す大岡に、わずかに声を低めて、紋三は言った。

「岩馬一族ってなあ、ご存じのとおり、戦国の世から続く盗賊一味らしいですが、それはともかく、今も関東一円で大暴れしているのは、お奉行もご存じのとおりです」

「うむ。火付盗賊改方ですら、手を拱いているからな」

「天領でも平気で盗みを働き、代官所役人が犠牲になったこともありやす。しかも、その手口は疾風のように早いため、盗みをした後は、ぷっつりと姿を消してしまう。だから、正体すら、きちんと分かってやせん」

忸怩たる思いで溜息をつく大岡を、紋三はじっと見て、

「あっしは、これまでも江戸の〝十八人衆〟だけではなく、関東に散らばっている十手仲間の親分らと報せを取り合って、岩馬一族のことを調べて貰ってやした」

「……」

「ですが、分かったことといえば、頭領の名が、劉備で、それを支える幹部ふたりが、関羽、張飛……というから、『三国志』にでもあやかって、英雄気取りなんでやしょ」

紋三は憤懣やるかたない顔になった。

「しかしね、大岡様……奴らは騎馬を操り、統制も取れている。生半可な集団ではありやせん。だからこそ、関東の村々でも、それなりの腕利きを用心棒に雇っている所もあったんです。それでも、雪崩れ込んできて踏みにじられた」

「そうだな……」

「渋江村のような、織物の村は幾つもあり、女だけになる慣わしの村が、これまでも何度も狙われてきやした。此度もきっと狙ってくるでやしょう」

身を乗り出して、紋三は言上した。

「この際、町奉行所から兵を出すべきだと思いやす。いや、それどころか、幕府の番方が出向いても当たり前かと存じます」

「いや、それはできぬ」

あっさりと大岡は拒んで、首を横に振った。

「なぜでございやす。朝廷や将軍家に献上する絹織物を作っているのですよ」

「それは村の事情に過ぎぬ。一村のために、公儀の兵を出すわけには参らぬ。それに、公儀軍が出向いたとなれば、余計に事を荒立てることにもなろう」

「――もしかして、大岡様は、事が起こるまでは動かない……と考えているのですか。もし怪我人や手籠めにあった女が出れば、探索に乗り出すのが筋だと」

「ま、そういうことだ。何もしておらぬ奴を捕らえるわけにはいかぬからな」

冷ややかに言う大岡に、カチンときた紋三はかすかだが鋭い目になって、

「さようですかい。ですが、犠牲者が出るまで見て見ぬふりはできやせんので、あっしらで何とか致しやす」

「……」

「ですがね、織物の村を守ろうってんで、村の周りは男衆が交代で見張り、織物小屋がある村の中には、腕利きの女武芸者らが集まってきておりやす」

「女武芸者だと？」

「へえ。村で雇われた者たちですがね、その中には……讃岐綾歌藩の〝姫君〟もおります。得意の武芸を披露する好機だと」

「なんと――！」

大岡は驚きを隠せなかった。

綾歌藩の若君が実は〝姫君〟だとは百も承知である。しかも将軍吉宗の親戚であることから、目付役として、内与力の犬山勘兵衛を張り付けていた。ゆえに、当然、知っているはずだと紋三は思っていた。

「どうやら……犬山様はまだお報せしていなかったようですな」

「……」

「大岡様が困ると思ってのことでしょうかねえ……大丈夫です。あっしが守りやす」

紋三はそう言って立ち上がると、大岡は「待て」と声をかけた。

「村人たちに、軽はずみなことはさせるな。町奉行所でも対処する」

「でしょうとも。でないと、万が一のことがあれば困りますからね」

「おい、紋三……おまえ、まさか、私を動かすために、姫君をわざと渋江村に送ったのではあるまいな……近頃は、おまえの下っ引の真似事(まねごと)をして、事件に首を突っ込んでいるようだが」

「そんなことは、ございやせん」

と返したものの、紋三にも狙いは、なきにしもあらずだった。織物の村に警護に行くと言い出したのは桃香の方だが、大岡を引っ張り出せる口実になるとは考えていた。

「前々から岩馬一族ってえ盗賊が、なぜ一筋縄でいかないかと考えてやしたが……大きな後ろ盾がありそうでやす」

「大きな後ろ盾、だと？」

「へえ。でねえと、あれだけの騎馬軍団が逃げ通せるとは思いやせん」

「どうぞ、大岡様も心して取り組んでおくんなさいやし」

紋三は深々と一礼してから、桔梗の間を立ち去った。


翌朝――。

どんよりと広がっていた靄の中を、ひとりの女が走っていた。どうやら渋江村から、逃げ出した女のようだが、作業用の袖無しに、もんぺのような姿である。

この時期、女だけで織物を作る作業が厳しいため、中には逃げ出す者もいた。織ることも難儀だが、絹を作ることも大変な作業で、野良(のら)仕事と両立するのは骨が折れるからだ。

絹は、カイコ蛾(が)の幼虫である蚕が作る繭からとった絹糸で作られる。この村に限らず、絹糸を生み出す蚕のことを、〝お蚕様〟と呼んで大切に育てる。そのための桑畑も、村の中に広がっている。

女や子供が働き手となって、養蚕（ようさん）が行われるのだが、その辛さに堪えかねて逃げるとしたら、村の中に男衆がいない今しかないのである。

卵から幼虫、その繭から蛹（さなぎ）、それから成虫と成長するのだが、何度かの脱皮を経て、繭を作り始める蚕は、二日の間、休むことなく繭を作る。

本来なら、その中で蛹になって、十数日で成虫になって、繭から出てくる。だが、成虫になる前に茹（ゆ）でられ、繭は絹糸となり、中の蛹は死んでしまう。成虫となれない蛹の恨（うら）みのせいか、絹糸の強さは鉄よりも強いと言われる。それゆえ美しくて頑丈な織物ができるのだ。

考えてみれば憐（あわ）れな生涯——というよりも、羽化する前に処分される。その蚕の姿に胸を痛める女もいて、まるで村に閉じ込められ、美しい織物を作り続ける己の姿に重ね合わせるのだ。

逃げ出した女は、荒川沿いの土手を下っていたが、

——ヒュン！

と空を切る音がして、矢が飛来すると、それがグサリと背中から胸に突き抜けた。

「ひっ……」

微かな声を洩らしただけで、その場に倒れた。その後ろから、異変を感じていた番小屋の男衆が二、三人、女を追ってきていた。

「あっ……大変だ、おい！」

駆け寄って抱き起こしたが、矢を射られた女は即死だったのであろう、すでに事切れていた。番人たちが揺すっても、何の反応もなかった。

「おい。この人は……」

番人たちはすぐに気付いて、一様に顔が青ざめた。

「ああ……村長、甚兵衛さんの娘さんじゃねえか……」

「うん。お久さんだ……えれえこった」

三人は丁重に抱き上げたとき、朝靄が晴れて、対岸に岩馬一族の騎馬集団の姿が現れるのを凝然と見た。

「アッ。もしや、あいつらが……！」

悲鳴に近い声を上げて、番人たちは身を屈めて、葦枯れの群れに隠れながら、お久の亡骸を村の中へ運ぶのであった。

四

お久の亡骸はまだ温かかったが、残酷にも背中から胸が射抜かれて、村の女たちは誰もが恐怖に震えた。

美蘭と早苗は、このような悲惨な光景を見慣れているのか、手際よく矢を切断して抜き取り、穏やかに床に寝かせた。心なしか眉間に寄っていた皺が消えた気がする。

一斉に、「お久さん」と駆け寄ろうとする村の女たちを、桃香は止めた。

「お待ちなさい。まずは検分を……」

袖の中に持っていた十手を突き出して、

「門前仲町の紋三親分から、戴いているものです。いいですね」

と見せてから、桃香は手際よくとは言えないが、自分なりの検屍を始めた。致命傷は矢によるもので、転倒したときの掠り傷などの他には見当たらなかった。

狙ったのか偶然なのか、心の臓に見事に刺さっていた。ゆえに全身、まだ温かい血で濡れている。

「一瞬のことで、苦しまずに死なないのが、不幸中の幸いだったかもしれないわね」

桃香が言うと、村の女の誰かが、

「幸いだって言うの!? これは事故じゃない。殺されたんだよ！」

震える声で言うと、他の女も次々と、

「そうよ。私たちも同じ目に遭わされるんだわ」

「きっと岩馬一族が襲ってくるのよ」

「村の女たちは凌辱(りょうじょく)されて皆殺し。守ってくれている男衆も！」

「どうして、誰も助けてくれないの。お奉行所は何をしているのよ！」

悲痛な声を上げげた。

だが、桃香は冷静に検分し、竹矢来越しに荒川の水面に漂う朝靄を見ながら言った。白濁が薄れた対岸には、騎馬軍団の姿が微かに見えており、いつもの嘶(いなな)きが聞こえる。

「五十間以上もある向こうの川岸から、矢は届かないわ。ましてや命中するなんて、到底、無理なこと」

「だったら、すぐ近くまで来ているというの!?」

恐怖の声で、誰かが言った。それにも桃香は首を振りながら、

「この傷の裂け具合や深さを見る限り、たしかに近い所から射られたと思われるわ。でも、岩馬一族とは違う」

「どうして、分かるのだ」

美蘭が男勝（まさ）りな声で訊くと、早苗も頷（うなず）きながら見やった。

「この矢の鏃（やじり）を見て下さい」

桃香は折れた矢を掲げて、ふたりの目の前に突きつけ、

「岩馬一族は馬上から射るため、もっと細長いものを使っているはず。流鏑馬（やぶさめ）で使うようなものね。これは明らかに、地面にしっかり構えて射るもの」

「だとしても、近くに来ているなら、これを使うこともあるだろう」

断言は避けるべきだと美蘭が言ったが、桃香ははっきりと、

「いいえ。あの一団は決して、この川を渡っては来ない。いくら屈強（くっきょう）な軍団でも、川を渡り始めれば、わざわざ自ら足を取られる罠に入るようなもの。狙い打ちにされるでしょうね。第一、渡ってきた気配がない」

「じゃ、一体、誰が……」

「すぐ近くにいるはず」

桃香が言うと、美蘭はもとより、他の村の女たちの視線が、早苗に移った。その武装した体の矢筒には、十数本の矢があり、しかも長さや形が似ているからだ。

「――ちょっと、待ちなさいよ。私がやったとでも言いたいの!?」

早苗はムキになって怒りの目を向けたが、村の女たちは疑り深くなっている。

横合いから、美蘭が早苗の矢を一本だけ取り出して、

「この鏃……同じだな。長さも太さも、早苗……あんたのじゃないか」

と睨みつけた。

他の女たちもさらに怪しむように、一斉に視線を浴びせた。

「よしてよ……仲間じゃないの。お久さんのこともよく知ってるし、どうして私がこんな真似をしなくては……」

言い訳めいて声を荒らげる早苗だが、みんなの疑いはすぐには晴れそうになかった。たしかに矢は、早苗が持っている他の矢と同じ物であったからだ。

「矢筒の数は、必ず常に確かめてるの。私は十五本と決めている。何本残っているか分からなくなると、敵を狙うのに集中できないでしょ。ほら」

見せた矢筒には、きっちり十五本の矢があった。それでも、矢の一本や二本、どうとでもできると、疑いは晴れない。むしろ、余計に準備していたのではない

かと、勘繰る女たちもいた。

しかし、桃香だけは冷静に、村の女たちを見廻しながら言った。

「みんな……辛いのは分かります。でも、こうして、ひとりの人が殺された。私はこの十手にかけても下手人を挙げる。だから、協力して欲しい」

「村の中に下手人がいるというのかい」

年増の女が尋ねると、桃香はどちらとも言わずに、

「とにかく、お久さんは、何故、誰に殺されたか……それが分かるまでは、私たちはこの村を調べます。みなさんは、安心して、織物を続けて下さい」

桃香は紋三の助けを求めることもできず、ここはひとりで御用を務めなければならない。そう己にも言い聞かせた。

交代で織り仕事を休んでいる女たちに、お久について知っていることを、どんな小さな事でもよいから教えて欲しいと、桃香は頼んだ。人に命を狙われるような女でないことは、誰もが分かっている。

「ただ……」

ある若い娘が、自分が話したとは言わないで欲しいと念を押してから、

「お久さんと、お父っつぁん……村長の甚兵衛さんは、去年の夏くらいから、喧

嘩が絶えませんでした」

「喧嘩……親子喧嘩という類ではない？」

桃香が聞き返すと、その娘はしっかりと頷いて、

「お久さんは、ひとり娘ですから、婿を貰うつもりでした。村の若者から、いい人を選ぶつもりだったのさ。ですが、お久さんには好きな人ができたのです」

「好きな人……村の人ではなくて」

「はい。月に何度か来る、油の量り売りの商人で、店は神田にあるとか……たしか、『伊勢屋』だったかしら」

「その人の名は？」

「喜平さんといって……そういや、今日は姿を見ないなあ」

「今日は？」

「だって、村を守るって、若い衆と一緒に番小屋に詰めてるんだ。店には暇を貰えるらしくてさ。ええ、渋江村はその油問屋の得意先でもあるから、大変だなあって」

「ふうん……じゃ、喜平さんは、お久さんがこんな目に遭ったとなれば、嘆き悲しむだろうねえ。しかも、自分がいない間にだなんて、神様は残酷すぎる」

桃香は胸がキュッと痛んだ。お久は幾つか年上だろうが、まだ娘の盛りである。まだまだ沢山、幸せなことがあっただろうにと、桃香は自分と重ねて、同情してやまなかった。

他の女も似たようなことを話した。甚兵衛とお久は、本当の父娘ではないくらい、憎み合うようになっていたというのだ。

「でも、まさか父親が、娘を殺すなんてことはありえないでしょ」

当然のように言う桃香に、村の女たちの中には、

「いいえ。あの村長なら、やりかねないね。何しろ、自分の思い通りにならない者は、徹底して、虐めまくるから」

と言う者もいた。

かなりの〝暴君〟のような人間だと誰もが口を揃える。今は、女だけの村になって、当人がいないからこそ話せるのだが、もし甚兵衛の耳にでも入れば、酷い目に遭わせられるに違いないという。

「織物の村だなんていうけど、綺麗事さあね」

「そうだよ。糸を紡ぐことから、染め織りに至るまで、私たち女は、牛馬のように働かされているようなものさ」

「ほんと。村長は、絹織物を高く売って、儲(もう)けることしか考えてないんだよ」

女たちが働いている間、甚兵衛は何処にいるのか分からない。どうせ、遊女屋にでも転がり込んでいるのだろうとのことだ。

まるで〝奴隷〟のように扱われていると女たちは感じている。幕府の御定法では、農民は村から勝手に離れることができず、縛られて生きているしかない。

ところが、お久は、

――勝手気儘(かってきまま)に、好きな人と生きていきたい。

と願っており、他の村の女たちにも、そう望む者がいれば叶えてやりたいと、一生懸命、力になっていた。

「力になっていた……？」

具体的に何をしていたのかと桃香が訊くと、ある年増が答えた。

「もう私らは、子供も大きくなって、この村で一生を過ごすと決めてる。けど、若い娘たちは江戸に出て、武家屋敷や大店に奉公したり、茶店で働いたり、女だてらに町医者になったり、職人になりたがる人もいる。その奉公先を、率先(そっせん)して探してたんだよ」

「お久さんが……」

「ええ。その手助けを、喜平さんがしていたとか」

「そうだったの……父親が娘の行く末を案じるのは当たり前だと思うけれど、お久さんはひとりで闘ってたんだね。私と同じだ」

　妙に感心した桃香は、いつの間にか竹矢来の外から見ていた猿吉に、此度の矢による殺しのことを教えてから、

「おい、猿吉。おまえに頼みがある」

「へえ、なんなりと……って、言いたいが、いつから俺の親分になったんで？」

「たった今からだ。おまえは、神田の油問屋『伊勢屋』を訪ねて、今日は来てない喜平さんって人に、この事件のことを教えてきておくれ」

「はいはい」

「返事は一度でいい。それから、紋三親分にも詳細を伝え、村の内外ともに危難であることを話して欲しい。いいね。綺麗なお姉さんを見かけて、油を売ってるんじゃないよ」

「はいはい……いや、はい！」

「それと……」

「まだ、あるんですかい」

「村長の甚兵衛さんが、何処にいるのか、村の人も知らないらしいから、探し出しておくれ。まずは遊女屋あたりからね」

「遊女屋。それなら、一番先にそこだな。へえ、ガッテン承知の助(すけ)で」

猿吉はおどけた仕草をしてから、飛ぶように駆け去った。

思いがけぬ村長の娘殺しから、桃香は〝内憂外患〟ではないが、とんでもないことが渦巻いている気がしてきた。

五

「なんだと、殺し⁉」

さっそく猿吉から話を聞いた紋三は、驚くよりも、違和感を感じた。しかも、矢で射られたということに、明らかに作為があると思ったのである。

「では、紋三親分も、岩馬一味の仕業(しわざ)ではねえと？」

「桃香が見立てたのなら、確かだろうよ」

「そうですかねえ。案外、頼りになりやせんよ。おっちょこちょいだし」

「おまえほどじゃねえだろう」

「冗談でしょ、あの小娘の何処を親分は気に入ってるのか、さっぱり分かんねえ」

「それより、実はな……大岡様に頼んで、渋江村の周辺には、密かに町方与力や同心、さらには火付盗賊改方の者たちも、張り込んでいるんだ。もちろん、元内与力の犬山勘兵衛様もな」

「えっ、そうなんで？」

「千住宿にも見廻りを増やして、村に近づけねえようにしている。とはいえ……予断は許さないがな」

　紋三が一番、気になっていたのは、村長甚兵衛の行方である。

「例年、甚兵衛は俺の所に挨拶に来るんだがな、今年に限って来てないんだ」

「挨拶に来ていた……そりゃ、知りやせんでした。なんでまた」

「決まってるだろうが、村を守るためだよ」

　本所深川(ふかがわ)が紋三の〝縄張り〟であるが、向島(むこうじま)や葛西辺りも任されている。ふだんは〝十八人衆〟のひとり、千住の弥次郎兵衛(やじろべえ)が目を光らせている。

「おまえも知ってのとおり、弥次郎兵衛は巨漢の上に、遥(はる)か千里先まで見える目の良さだ。岩馬一族の動きも、篤と見晴らしているだろうよ」

「へえ。あっしも千住宿は安心してるんですがね、小村井村と平井村の間の渡しは、意外と狭くて浅瀬、流れも緩いから、騎馬で渡ろうと思えば来られると思いやす」

「だな。冬場は雨量が少ないし、今は田植え前だから、大して雨も降ってねえ。その気になりゃ、一気にな」

「ですから、男衆らも渡しに近い方にも番小屋を建てて、見張りを増やしてやす」

猿吉も本気で村を守ると誓っている。

「なのに……村長が何もかも村人任せってのが、あっしは気に入らねえ」

村の女たちが快く思っていないことも、紋三に伝えてから、

「それで、遊女屋に入り浸ってるなんざ、許せねえでやんしょ。ねえ、親分」

「――遊女屋ってなあ、『角松屋』のことかい」

「見世の名前までは知りやせんよ。どうせ岡場所でしょ」

深川七場所といって、富岡八幡宮の周辺に岡場所が形成されている。そのうち土橋という町に、『角松屋』はあるのだ。

「甚兵衛は例年、そこに住み込んで、遊女たちの面倒を見ているんだ」

と紋三が言うと、猿吉はさらに怒りの顔になって、

「村長は遊女屋までやってるんですかい。こりゃ、ぶったまげた。蜂の巣が烏に突かれて、泥鰌が飛び散った気分でさ」

「なんだい、そりゃ……おまえが思ってるような人とは違うんだよ」

「どう違うんでやしょ。どうせ、ろくな……」

「まあ聞け。このおっちょこちょい」

紋三は煙管をポンと箱火鉢の縁で叩いて、

「甚兵衛さんはな、苦界に沈められて喘いでいる遊女を、ひとりでも救おうと、『角松屋』てえ遊女屋の主人に頼んで、年季奉公を終えてない女を匿って貰ってるんだ」

「え……どういうことで？」

「病に苦しんでる遊女は、年季が残っていれば、無理に働かされる。そういう女には、仮の身請けをして、一時、預かって貰ってるんだ。その『角松屋』では、働かせないと約定を交わしてな」

「つまり、甚兵衛さんは、身請けをしてくれない女を、誰かに代わって金を払ってやってるってことで？」

「それだけじゃねえよ。関東の村々から連れてこられた生娘を、女衒から買って、故郷に戻してやったり、中には渋江村で暮らせてやることもある」

「――なんで、そんなことを……」

「俺が聞いた話じゃ、その昔、〝客人大権現〟が夢に現れて、織姫の女だから、可哀想な女を助けろと言われたそうだ」

紋三が事情を話すと、猿吉も納得したように頷いて、

「たしかに、〝客人〟の神様は、遊郭の守り神でもあるそうだしね」

「とにかく……苦界の憐れな娘たちを救うために、甚兵衛は絹織物を村で作り続けているんだ。その金で助けるためにな」

しみじみと語る紋三の言葉に、猿吉はじんと胸打たれていた。

「そうだったのか……知らなかった……だったら、親分。なんで、今年は甚兵衛さん、『角松屋』に来ていないんです?」

「分からねえ。それは、伊藤の旦那も今、探してるんだがな」

伊藤とは、〝ぶつくさ洋三郎〟こと、本所方同心である。いつも紋三の手柄の横取りばかりを考えているから、此度も何か臭うと思って、甚兵衛の行方を追っているのだ。

「なんだか、おかしいな……」

　珍しく神妙な顔になって、猿吉は腕組みをした。

「実はね、親分……甚兵衛さんと殺された娘のお久さんは、喧嘩ばかりしてたそうなんですよ。へえ、お久さんが惚れた男とは、夫婦になるのは認めねえって」

「む？　それの何処が気になるのだ」

「いや、待てよ。まさかな……もしかして、そうかもしれねえ。あ、きっとそうだ」

　猿吉は紋三に挨拶もせずに飛び出していった。

「おい、猿吉。どうしたってんだ」

　折しも表から帰ってきたお光に、ぶつかりそうになって走り去った。

「――何があったの、兄ちゃん」

「さあな……ああいうところが、まだまだ甘いんだ、あいつは」

　紋三は苦笑いで、煙管をくわえ直した。

　それから、神田須田町から佐久間町辺りを、散々、うろついていた猿吉は、角を曲がったところで、ドンと大柄な男とぶつかった。気持ちが苛々していたので、

「どこに目をつけてんだ！」

と怒鳴ったら、相手はジロリと猿吉を見下ろした。

聳えるのは、神田の松蔵親分だった。

もちろん、紋三〝十八人衆〟の幹部のひとりである。元勧進相撲の関取だけあって、体が大きいと、改めて猿吉は思った。

「これは、これは、松蔵親分……失礼致しやした。あっしです、神楽の猿吉です」

「なんだ、おまえか。相手を見て喧嘩を売るんだな」

「申し訳ありやせん。紋三親分の御用の筋でして、へえ……実は、神田の『伊勢屋』っていう油問屋を探してるんですが……」

「江戸に多いもの。伊勢屋稲荷に犬の糞てな……『伊勢屋』なんざ何処にでもあるが、神田には『伊勢屋』という油問屋はねえ」

「えっ。ない……!?」

「ねえ」

「ど……どういうことだ……やはり、俺の嫌な予感は当たった」

「何があった。俺に話してみな」

松蔵は猿吉を近くの自身番に連れ込んだ。傍から見ると、猿吉が何かをやらかして、折檻を受けそうな光景だった。

番人が松蔵に席を譲ると、その前に猿吉が座って、

「実は……喜平って若いのが、油を渋江村に売りに来てるんですがね」

「織姫の村にか」

松蔵も当然、今は女だけの時期だということを承知している。

「へえ。そいつが、村長の娘のお久とねんごろらしく……」

猿吉は渋江村で起こった殺しと、甚兵衛お久父娘について、あらましを語った。

岩馬一族が村を狙っていて、女武芸者たちが警護をしていることや、紋三から聞いた遊女屋に関することも伝えた。

「お久が殺されたことは、父親の甚兵衛も、末を言い交わした喜平も未だに知らないんです。それを報せたくてね……なのに、ふたりともいねえなんて……」

どうなっているのだと、猿吉は頭を抱えた。だが、松蔵は短く唸って、

「なるほどな……その喜平ってのが怪しいな。嘘をついて、お久に……いや、渋江村に近づいていたってわけだからな」

「でも、一体、何のために……」

「あの辺りは、千住の弥次郎兵衛が縄張りみてえにしてるが、俺も今の時期、男衆がいないので、番小屋で張り番をしたことがある。悪い奴らが近づかないようにな」

「松蔵親分も……」

「しかし、中にはとんでもねえ奴がいて、番人に成りすまして、夜中に村に忍び込んで、女をたらし込もうとする輩(やから)もいた」

「ま……気持ちは分かりやすが……」

パチンと頭を松蔵に叩かれて、猿吉は叫びながら倒れた。

「じょ、冗談ですよ……そこまで強く殴らなくたっていいでやしょ……」

「そういう心の緩みが、女たちをどん底に落としちまうこともあるんだ。いいかッ。おまえが探してる喜平って奴はおそらく……」

「おそらく……？」

「お久って娘をたらし込んで、渋江村の内情を探ってたんじゃねえかな」

「まさか……ってことは、そいつは岩馬一味の仲間……!?」

「そこまでは分からねえが、何か知ってることは間違いねえな。お久殺しとも関わってるかもしれねえ」

「どうすれば……」

「少しはてめえで考えろ」

「えっと……」

「おまえ本当に紋三親分から十手を預かってるのか、おい」

「貰ってます。ほら」

得意げに猿吉は十手を見せた。

「――もういい……そいつは必ず、渋江村に来る。様子を探りにな……その時、どうでもとっ捕まえな」

力強く松蔵はそう言うと、自分の下っ引たちも何人かを応援に出すと約束してくれた。やはり〝十八人衆〟はイザというときに助け合う。紋三の仁徳だなあと、改めて思う猿吉であった。

六

日が暮れても織物小屋の中には、蠟燭灯り（ろうそくあか）が灯っており、寝る間を惜しんで、女たちは機織りに勤しんでいた。

手慣れた作業とはいえ、手元が見えないと狂いが生じる。わずかな失敗が、織り直しという大事になることもあるため、織姫たちは、しょぼつく目を凝らして、バタンバタンと織り続けていた。

地機は、機に張る経糸（たていと）と腰当てに結びつけて、その上で、腰の力で張り具合を調節しながら、弾力のある布地に織り上げていく。

ふつうならば、柄物は、絣括（かすりくく）りにするだけで一月や二月はかかる。精緻（せいち）な絣ならば、一反（いったん）仕上げるのに一年がかりになることもある。それを、わずか二月の間にやり遂げなければならない。織姫たちにとって生半可な作業ではなかった。にも拘わらず、恐ろしい盗賊に狙われているという心配があり、それが現実になって、村長の娘が犠牲になった。村の女たちは、身も心も折れそうだった。いつもなら機織り歌などを口ずさみながら、単調な作業を繰り返すのだが、その元気すら薄れていた。ただ黙々と嵐が過ぎるのを待っているようである。疲れが大きくなる明け方が、一番、狙われやすい。まさに夜討ち朝駆けではないが、悪い奴は、獲物の弱味を知っているからだ。だから、番小屋の男衆たちも、真夜中よりはむしろ、夜明け前の暗い頃を一番、警戒していた。

すると――。

提灯灯りがひとつ、番小屋に近づいてきた。

寝ずの番の男衆たちは、竹槍や六尺棒、鍬や鉈などを武器にして立ち上がった。

「お疲れ様です。私です、私です」

親しげに声をかけながら、薄暗い道から現れたのは、喜平だった。

「そろそろ、油が切れた頃かと思いやして。へえ、毎日毎日、ご苦労様です」

喜平は中肉中背で、特に特徴はないが、謙ったように腰を曲げている。いかにも真面目そうな、丸い顔だちである。

「こりゃ、喜平さん。あんた、どうしてたんだよ」

番人のひとりが声をかけると、喜平はいつもどおりの顔で、

「すみません……別の用がちょいと」

「知らないのかい」

「何をですか？」

「言いにくいがな、お久さんが殺された」

「えっ!?――ど、どういうことですッ」

狼狽して提灯や油桶を落とした喜平は、番人にしがみついて、

「なんで……なんで、お久が」

と驚きながらも、泣き出しそうな顔になった。その喜平を慰めながら、番人たちは見張り小屋に入れた。

「村長も何処に行ったのか……女たちも憔悴(しょうすい)してる。いっそのこと、今年は織物を諦(あきら)めようかって話も出てる」

「そ、そうなんですか……それより、お久に会いたい。お久は、何処に……」

「もう葬式をして、棺桶(かんおけ)に入れて、村はずれの墓地に埋めたよ」

「嘘だ……嘘だろ、そんな……」

崩れて泣き出した喜平に、みんなは同情して涙する者もいた。いずれは、お久と夫婦になって、ここの村人になると誰もが思っていたからである。むろん、村長は反対していたが、必ず折れると、村人は信じていた。

「――私は……どうすれば……」

涙を拭(ぬぐ)いながら、喜平は土間に座り込んだ。しばらく呆然(ぼうぜん)としていたが、ゆっくり立ち上がると、意を決したように、

「お久のことは残念です……でも、ここで泣いてちゃ、お久は悲しむだけだ……」

と言った。

そして、表に落とした油桶を番人たちに渡し、

「今日は冷え込むようだから、村の織姫たちに暖を取るように渡して下さい」

「分かったよ。必ず……」

番人頭が答えたとき、番小屋の奥で寝転がっていた猿吉が起き上がってきた。

十手をちらつかせながら、

「おまえさんが、喜平さんかい」

と訊いた。

「……そうですが」

「店は何処だっけな。たしか神田の……」

「はい。神田の『伊勢屋』でございますが、それが何か……」

「そんな店はねえ。おまえは誰なんだ」

「え……!?」

喜平は驚いた顔になったが、番人の男衆も不思議そうに猿吉を振り向いた。

「その油は、火をつけた途端、燃え上がるようにできてるんじゃねえか？　だから、わざわざ届けに来た」

「！……」

「お久を殺したのはおまえ。村長の居所も、知ってるんじゃねえのか」

「な、何で、そんなことを……」

「だったら言ってみな。何処の誰かをよ……」

猿吉が迫った途端、喜平は油桶をサッと松明にぶっかけた。瞬間、ボッと炎が大きく燃え上がり、番小屋を包むほどに膨らんだ。だが、燃え移ることはなかった。その隙に、喜平は逃げ出した。

それに向けて、猿吉は手にした独楽を投げつけた。

――ブン。

うなるように独楽は回転して、その芯が喜平の首根っこに命中した。

「うわっ」

よろめいたところへ、猿吉が投げた縄が首に巻き付いて、喜平はその場に倒れた。一瞬、訳が分からなかったが、男衆たちも一斉に喜平に飛び掛かって取り押さえた。大暴れして逃げようとしたが、猿吉はその頭に十手を叩きつけ、気絶させた。

その時、

「よくやった、猿吉！　大手柄！」

竹矢来の中から、桃香が手を叩いて声をかけた。

「そいつを縛り上げて、番小屋に閉じ込めておきなさい。後で、私がとことん責め立てるから、ぬかるんじゃありませんよ」

発破をかける桃香に、珍しく猿吉は怒りの顔になって、喜平を引きずって番小屋に入れるのであった。

荒川の対岸にも——。

篝火が煌々と焚かれており、夜明けの明るさと相まって、岩馬一族の騎馬軍団がくっきりと浮かび上がった。空気が澄んでいるせいか、いつもよりも近く見える。

昨日よりも急に水位が下がっているのが分かる。何日か前にはなかった中洲が、水面の下に見えているのだ。渡し場は、もっと浅瀬になっているであろう。

岩馬一族は、まるで傷ついた獲物が弱るのを待つ、狼の群れのようだった。

しかも、女だけの村をからかうように酒を飲みながら大声を上げ、卑猥な言葉を怒鳴り、法螺貝や太鼓を鳴らして踊ったりしている。その声は、村の女たちの恐怖を煽るのに充分であった。

「なるほど……水嵩が下がるのを待っているのだな、奴らは」

船着場の番小屋近くで、犬山勘兵衛は感心したように溜息をついた。何日か前から、この周辺をうろうろしていたのだが、今更ながら、岩馬一族の読みに感心していた。

「上流で大雨でも降らない限り、今日か明日には、浅瀬になった所を渡って、この村に踏み込んできそうだな」

「えっ……そうなんで？」

番人の若い衆は、俄に怖くなったのか、不安な声で訊いた。

「戦国の世ならば、雲行きを見て、陣営を敷く頃合いを見計らうが、まさに一気呵成(かせい)に踏み荒らしにくるようだな。こっちが数を増やしたところで、あの凄腕(すごうで)の盗賊に襲われたらひとたまりもあるまい」

余計に怯(おび)えさせるようなことを、犬山は言って、川辺まで歩いた。

対岸の騎馬軍団は相変わらず威嚇(いかく)するように、わざと馬を嘶かせ、高らかに蹄(ひづめ)の音を鳴らせて駆け廻っている。

「指をくわえて待つわけにはいくまい」

犬山が懐手で顎を撫(な)でながら言うと、番人の若い衆たちは不安に駆られながらも、

「そんなことは百も承知だ。俺たちの村だ。俺たちで守る」

「結構な心がけだが、無慈悲な野獣を相手には命乞いをしても無駄だ」

「座して死を待てとでも言うのか」

「考えがある。おまえたちは俺の言うとおりにしろ」

「なんだい、そりゃ」

「間もなく、南町奉行所の者たちが来るゆえ、それに従うがよい。村の中にいる桃香と手を組んでな。よいか、女房や娘らの命を守るには、相手を容赦してはならぬ。おまえたちも、奴らをただの野獣だと思え」

鼓舞するように言ってから、何処へ行くのか、犬山はひとりで立ち去った。

七

柱に括りつけられていた喜平は、ふて腐れたように黙ったままだ。時折、不敵な笑みを洩らして、村の男衆を苛立たせた。

その前に立った桃香は、十手を突きつけて、

「お久さんを誑かし、殺したのはおまえだな。早苗さんの仕業に見せかけるため

に、矢を使って」

と問い詰めたが、喜平は何も言わず、ニタニタと笑っているだけだった。

「たかが女の織物作りの村を、岩馬一族はなぜ躍起になって狙うのです。答えなさい」

「……」

「お久さんは、あなたに騙されてたことを知った。岩馬一族の本当の狙いも知った。だから、誰かに助けを求めに行こうとしたから、あなたが殺した。そうでしょ！」

桃香が十手の先で相手の胸を突くと、喜平は睨み上げて、

「岩馬一族……なんのことでえ」

と苦笑した。

「おまえさんは、作り話が好きなのかい」

「なんですって」

桃香は苛ついて十手を振り上げたが、それで叩きつけるのを踏みとどまり、村の男衆たちに向かって、

「あなた方はどう思っているのです。なぜ、こんなに執拗に狙ってくると」

と訊いた。

その疑問に答えられる者は、ほとんどいなかった。

機織りの時期は、女だけになって襲いやすいだけだと感じているくらいだった。

高価な絹織物を奪おうとする盗賊は、これまでもいた。だからこそ、村では自警のために女武芸者を雇ったのだ。中には自ら鍛錬している女もいたが、岩馬一族に対しては焼け石に水であろう。

「これは私の考えだけど、奴らの狙いは絹織物ではない気がする」

真剣なまなざしになる桃香に、男衆のひとりが首を傾げて、

「なら、なんだってんだい」

「この地には、客人大権現が祀られてますよね。お社には宝物が沢山、納められている。狙いはそっちではないかと」

「だったら、今の時期じゃなくてもいいんじゃねえか？　こんなに警戒なんぞしてない普段の方が、こっそりと狙いやすい」

「もちろん、高価な絹織物も奪うでしょう。だから、織り上がるまで待ってる。でも、やはり、男衆のほとんどが出稼ぎに出ている今の時期が、最も襲いやすい」

「だから狙いは絹織物だろう」

「でも、客人大権現には絹織物とは比べものにならないくらいのお金があるとしたら、どうです、みなさん」

　桃香が投げかけた瞳に、男衆たちは首を傾げるばかりだったが、横合いから猿吉が身を割り込ませるように言った。

「俺も紋三親分から聞いたことがあるぜ。本所深川には徳川御一門や譜代大名のお屋敷があり、この界隈には亀戸天神、香取大明神、吾妻大権現などが並び、隅田川沿いには水神や三囲神社が祀られ、また長命寺、弘福寺、木母寺などが配されているのは、幕府にとっても大事な所だからだ」

　男衆たちは、あまり考えてもみなかったと溜息をついた。猿吉は得意満面な顔で、

「中でも、隣村の木下川薬師として、大昔から知られてる浄光寺は、徳川将軍家の祈禱所だってことは知ってるよな。千住宿を通って、日光東照宮に行く時も必ず、その一行が立ち寄って平安祈願する寺だ」

「そのくらいは知ってらあな」

　誰かが言うと、猿吉はすぐに返した。

「じゃ、これはどうだい。浄光寺と、客人大権現は切っても切り離せない関わりで、江戸の鬼門を守っていただけじゃねえ……徳川家の財宝が隠されているって話だ」

「えっ。そうなのかい⁉」

「元々は、家康公が江戸入封した折、関東の大名と戦になったときのため、戦費として貯めていたらしい。百万両を下らないってえ話だぜ」

猿吉が語ると噺家みたいで眉唾っぽいが、本当のことであった。

「実は……本所菊川町に、我が讃岐綾歌藩の上屋敷を構えているのも、親藩としてのそういう事情があるのです」

桃香がさりげなく言うと、猿吉は目を丸くして、

「そうなの？　桃香、あんた、綾歌藩と関わりがあるのかい」

と訊いた。

「え、ああ……実はそうなのです……遠縁だけどね」

頬を赤らめて誤魔化した桃香だが、さほど猿吉も他の男衆も気にしていなかった。どこぞの武家娘として護衛に来ているからだ。

「つまり、そういうこと。でしょ、喜平とやら……」

「ふん。知るもんけえ」

「しぶといわね」

「知らないものは、知らないんだよ」

頑として口を割らない喜平を睨みつけていたが、桃香は溜息をついて、

「仕方がないわね。岩馬一族に関わりがないなら、解き放ってあげる。さあ、何処なりと行くがいいわ」

と懐刀で縄を切り放した。

男衆は勝手な真似をするなと言いたげだったが、桃香は冷静に、

「お久さんを殺した証(あかし)はない。白状もしないとなれば、御定法で裁くことはできない。どうぞ、お好きなように」

「当たり前だ、バカ。何もしてねえんだから、お縄になってたまるかってんだ」

喜平が袖や裾を払いながら出たところで、桃香は声をかけた。

「せっかくだから、岩馬一族ってのを見て行きなさいよ」

「え……」

「ほら、川の向こうに沢山いるでしょう。あいつらが、この村を狙ってるんだよ」

と言いながら、桃香は薙刀を素早く喜平の肩に乗せた。

「!?――」

少しでも動けば横薙ぎに払われて、首を刎ねられそうである。ギクリと強張ったまま喜平は立ち尽くしていた。

「浅瀬になったら、騎馬で一気に攻めてくると思うんだよね」

「……」

「そしたら、ひとたまりもないわね」

「何をするつもりだ……」

俄に喜平は緊張に震え始めた。その首に薙刀をあてがったまま、桃香は対岸の岩馬一族に向かって、大声を張り上げた。

「やあやあ、我こそは！　織姫の村を守る者なり！　こやつは、すべてを吐いたぞ！　もはや、おまえたちは人殺しだ！　成敗してやるから、尋常に勝負しろ！」

「な、何を言い出すんだ、おめえ」

慌てた喜平だが、桃香の薙刀が首根っこにあって動けない。桃香は構わず、大きな声で続けた。

「すべては、こいつが喋った！　おまえたちの狙いは筒抜けだ！　容赦せぬぞ！」

風に乗って桃香の声は、対岸に届いたのであろうか。騎馬に乗っていた岩間一族の者たちが、ざわつき始めた。

桃香はチラリと喜平を見やると、その額には冷や汗が垂れている。わざと、桃香は薙刀を持つ手を緩めた。

すると、喜平は一瞬の隙をついて、浅瀬に駆け出し、

「違う、違う！　俺は何も話しちゃいねえ！　こいつは嘘だ！　罠だぞ！」

と大声で手を振った。

その喜平に向かって、対岸から矢が数本飛んできた。むろん届きはしないのだが、明らかに威嚇の意志があった。これまで、一本たりとも射られたことはないからだ。

「俺は何も話しちゃいねえ……って、やっぱり、あんた仲間だったじゃないの」

桃香はニコリと微笑みながら、薙刀を突きつけた。駆け寄ってきていた美蘭や早苗たちも、逃げようとする喜平を打ち倒して捕らえた。その喉元に、薙刀の切っ先を添えて、

「今度は、本当のことを話して下さいますね。このまま解き放っても、きっとあなたの仲間から殺されますよ」

「よせ……やめろ……」

喜平がしゃがみ込んで命乞いをするのを、女武芸者たちは険しい顔で見下ろしていた。早苗は乱暴に足蹴にして、

「お久さんを弄んだ上に……私のせいにまでしやがってッ」

と怒鳴りつけた。

「言います。お願いです。殺さないで下さい」

情けない声になった喜平に、

「村長の甚兵衛さんの行方も知ってるよな。とっと吐いておしまい」

と美蘭が迫った。

「それは本当に知らねえんだ」

「嘘おっしゃい！」

女武芸者たちに囲まれて、惨めな姿になった喜平は何度も頭を下げていた。

対岸では——。

岩馬一族に近づくひとりの男がいた。犬山勘兵衛である。懐手のままで、騎馬

武士を見上げながら、いかにも挑発している目つきだった。

　数十人もいる野武士たちは、犬山に手を出そうともしなかった。だが、仲間であるという態度でもない。渡世人ならば、客人扱いというところであろうか。

「勘兵衛……渋江村の様子はどうだ」

　本陣幕の奥の床机に座っている荒武者風の男が、野太い声をかけた。赤い面頬に鹿の角をあしらった兜を被っている。顔はよく見えないが、鎧の下にある屈強な体つきが、いかにも戦好きそうであった。

　これが頭目の、劉備である。

　その両隣には、仁王のように立っている武者がいるが、いずれも同様に顔がよく見えない。だが、ふたりとも長くて重そうな九尺はあろう槍を手にしている。関羽と張飛だ。

「どうやら、喜平は下手を踏んだようだが、村の中にいる俺の仲間は、手ぐすねを引いて待っておる。番小屋の男衆らの始末は、俺に任せてくれ」

　犬山が言うと、甲冑の男が大きく頷いた。

「そうか。ならば、明日の夜明けに決行するとするか」

「それがよかろうと思う。明日を逃せば、上州は雨模様……川の水嵩が増しては、好機を逸する故な。必ず攻めねばなりませぬな」

「おまえはどうする」

「何もせぬ。俺はただ、おぬしたちに村の様子を教えに来ていただけだ、金欲しさにな。村を襲った後は、たんまりと戴く」

「さあ、そいつはどうかな」

劉備は床机に座ったまま顔を向けた。面頬の奥にある目がギラリと光った。

「どういう意味だ」

「自分の胸に手を当てて聞いてみろ」

「……」

「おまえは、何ヶ月も前から俺たちに近づいてきて、渋江村を襲うよう仕向けてきた。たしかに、織物にも徳川の財宝にも惹かれるものがある。だが、狙いが分からぬ」

「狙いなどない。ただ、おまえたち野盗が村を襲い、それで得た物を少しばかり分けて貰えばよいのだ。そのために、俺が道案内してきただけだ」

「たしかに、そういう輩はおる……いわば盗っ人の先導役というのはな。しかし、浪人とはいえ、仮にも侍がすることではない」

「今時、侍の矜持(きょうじ)を持っている奴などおらぬ。おまえたちの中にも、元は侍という奴は幾らでもおろう。食うためなら恥など捨てる」

「そうか……ならば、ここで死ね」

劉備が言うと、関羽と張飛が長槍を突きつけた。問答無用に襲いかかってくるが、犬山はふたりの穂先の動きを見極め、素早く避けながら、

「何の真似だ！」

と強く声を投げた。が、劉備は微動だにせず、ただこう言った。

「自分の胸に聞けと言うたであろう。おまえは、女武芸者の桃香とやらと通じておる」

「！……」

「その女は、門前仲町・紋三の手下だ。奴は大岡越前直々に十手を預かっていると聞く……おまえも、町方の者か」

「断じて違う。だが、どうして、桃香のことを……」

「俺たちの仲間も、村の中にいるのでな」

「おまえたちの……誰だ、それは」

「さあ、誰かな」

斬りかかる関羽と張飛の動きが激しくなった。犬山が抜刀すると、背後を数人の手下たちが取り囲み、騎馬も立ちはだかった。だが、犬山は怯むどころか、鋭い剣捌きで、一太刀二太刀と敵を斬った。

「怪我人を出せば、織物の村を襲うこともできなくなるぞ」

犬山はさらに手下を斬り、関羽と張飛の槍を、まるで刀で巻き取るようにして、弾き飛ばした。その槍は一頭の馬の腹に命中して、激しく嘶いて倒れた。

「!?――やめいッ」

あまりにも凄腕の犬山に驚いた劉備は、手下たちに声をかけた。そして、甲冑姿のままで睨みつけると、

「浪人ながら、その腕なら、もっと使い道がありそうなものだがな」

とだけ言った。

犬山はおもむろに刀を鞘に戻し、

「村を襲うのなんざ、やめとけ。その程度のなまくらな腕では、打ち揃った女武芸者たちには勝てぬであろう」

皮肉な笑みを浮かべ、背中を向けて立ち去った。

八

夜が明けるのを待たず、岩馬一族は一斉に騎馬を駆って、荒川を渡り始めた。気配を消して、静かに、ゆっくりと対岸の織物の村に近づいていく。

いつもは番小屋の松明(たいまつ)は煌々とついているはずだが、岩馬一族の仲間がわざと消したのであろうか。その理由は不明だ。

劉備を先頭に徐々に近づいていくと、前方の闇の中から、突然、

――ヒュン、ヒュン、ヒュン！

と矢が何十本も飛んできた。

そのうち何本かは、馬に命中し、乗っていた盗賊は転落した。それに向かって、さらに矢が飛来する。

「怯むな、進め、進め！」

岩馬一族は一気呵成に村に乗り込み、逆(さか)らう者たちは殺し、根こそぎ財宝を奪うつもりである。未完成の織物などには目もくれず、客人大権現に眠る徳川の隠し金を強奪(ごうだつ)するのが狙いである。

自然の濠とも言える荒川さえ渡れば、村の警備など取るに足らぬと、劉備は前進することのみを命じた。

「放て、放てえ！」

番小屋から船着場、さらに川沿いの葦枯れの群れに潜んでいた町方役人や村の男衆、さらには紋三〝十八人衆〟の手下たちが、次々と姿を現して、岩馬一族を目がけて鉄砲を撃ち、矢を射た。

三十騎もいる岩馬一族は、思いの外の人数が控えていたことに驚き、次々と負傷した。中には、たまらず逃げ出す者もいたが、劉備は「怯むな、進め、進め！」と大声を張り上げて命令した。

渋江村の水際まで進み出てきた騎馬には、美蘭や早苗たちが薙刀や槍、弓、刀などで斬り倒した。

もちろん、桃香も得意の薙刀や剣術で闘ったが、川を渡り切る騎馬はわずか数頭で、待ち構えていた女武芸者たちの餌食になるだけであった。騎馬から引きずり下ろされた盗賊たちは激しく抵抗したため、大怪我をする者もいた。

まさに合戦のような怒号が飛び交っていた。村の方には、町方から駆けつけた者が数多くおり、徐々に岩馬一族の方は向こう岸の〝本陣〟に撤退し始めた。

ところが、川岸に近づいた辺りで、馬がバタバタと転倒したり、座り込んだりし始めた。同時に盗賊一味も落馬し、這うように逃げ出したが、その足下からザッと足に絡まるような網が引き上げられた。

対岸の渋江村に攻撃に行っている間に、町方役人たちが仕掛けていたのだ。潜んでいた役人や岡っ引らが、投網のように引っ張っていたのだ。それが絡まって、盗賊一味はほとんど身動きが取れなくなってしまった。

「なんだ！　おまえら！」

「やめろ。溺れる！」

「助けてくれ。おおい、死んじまうぞ！」

次々と発する悲痛な盗賊一味の声は、まさに阿鼻叫喚のようであった。翼をもがれた鳥同然となった岩馬一族たちは、次々と、町方役人に叩きのめされ、縄で縛り上げられた。

恐怖を与えた騎馬軍団の勇ましさは、見事にひっぺがされ、逃げ損ねた情けない盗っ人たちに過ぎなかった。

——岩馬一族が一網打尽となった。

という噂は、すぐに江戸市中に広がった。数珠繋ぎとなって連行される姿を見るために、大勢の野次馬が集まった。石や物を投げつける者たちもいた。

「なにが劉備だ、関羽だ。ふざけるな」

「あの大盗賊がやられたのだから、二度と渋江村に近づく者はいるめえ」

「これで織姫たちも、安心して織物ができるな」

「江戸も安泰ってこった」

などという声が広がったが、村を守った女武芸者たちは、何処か釈然としないものがあった。その理由として、自分たちだけの手で守ったわけではないこともある。だが、それよりも、

——自分たちは、お上にまんまと利用された。

という思いが強かったからである。

しかし、所詮は〝傭兵〟の身である。金で雇われただけだから、美蘭も早苗も、他の女武芸者たちもみな、村が助かったことを良しとして潔く立ち去った。

桃香も村の女たちに感謝されたが、腑に落ちないことがあった。

数日後——。

紋三と会った桃香は、嫌なことを聞かされた。その場には、犬山も同席していたが、ふたりとも沈痛な面持ちだった。

「このとおりだ、桃香……俺が悪かった」

紋三が頭を下げると、犬山も忸怩(じくじ)たる思いがあるのか、いつになく渋い顔をしていた。だが、謝ることはなかった。

「私に謝られても仕方がないことです。村の人たちに話せばよいのではないですか」

珍しく桃香も感情的になった。

「それがな……」

事情を話すと、紋三は箱火鉢から、桃香の前に座り直した。

「桃香は仮にも……いや、立派な大名の〝若君〟だから、端(はな)から話しておくべきだったかもしれやせんが、何処から漏れるかもしれやせんので、内緒にしておきやした」

「……なんですか、内緒というのは」

「実は、もう一年近く前、渋江村の村長、甚兵衛さんから、また盗賊に狙われては敵わないから、なんとかしてくれと相談を受けたんだ。折しも、町奉行所では、関東一円を荒らしている岩馬一族が、渋江村を狙っているという噂を摑んだ」

「実際、来たではありませんか」

「奴らの狙いは、織物というよりは、徳川の財宝だった。もっとも、客人大権現や浄光寺にある財宝の噂は、この犬山様が大袈裟に広めて、岩馬一族を引きつける策略のひとつだった」

「策略……」

「奴らを、織姫の村になった渋江村を攻撃させ、荒川で挟み撃ちにする――という策を、大岡様が打ち立てていたのだ。もちろん、甚兵衛さんも承知の上でだ」

「そんなことが……」

「俺には兵を出さぬと大岡様は言ってたが、ありゃ敵を欺くには味方からだってよ」

「……」

「もっとも、桃香がこの村を守ってると知って、動かざるを得なかったのだろうが」

「岩馬一族を捕らえるためにわざわざ村を危険な目に遭わせていたのですね。しかも、お久様が犠牲になってしまった！」

桃香が興奮気味になると、紋三はもう一度、頭を下げて、

「もう少し聞いて下せえ……お久は、岩馬一族の仲間だった喜平になびいて、す

っかり村を売り飛ばす気になっていた。だから、甚兵衛さんとも仲違いになった。甚兵衛さんは、喜平の正体に薄々、勘づいていたんだ」

「……」

「甚兵衛は、この織物の期間は、隣村の浄光寺にいて、もしそこまで岩馬一族が来るようなら、〝討ち死に〟するつもりだった。惣庄屋(そうしょうや)でもあり、この辺り一帯の村を守るためにな」

紋三の話に、犬山も頷いている。

「だが……お久は、喜平に惚れ込んでしまい、騙されてるとも知らず、女だけになったときの村のことや、甚兵衛が遊女を救うために貯めている金のことなども話した」

「……」

「だが、自分は騙されていたのではないかと、気付いたお久は、浄光寺の甚兵衛のもとに行って、喜平のことを話そうとした……それを阻止するために、お久は喜平に矢で殺されてしまったんだ」

「そ、そうだったの……」

「だが、甚兵衛さんは、そのことを大事(おおごと)にせず、岩馬一族に襲撃させるために、お久の死を大きく取り上げなかった。そこで騒げば、大岡様の策略も水の泡になるから、となﾞ」

釈然としない桃香だが、紋三はとにかく、岩馬一族を一網打尽にすれば、今後は誰も織姫の村に近づかないという大岡の考えに与したのだ。それだけではない、関東一円を股に掛けている盗賊を始末することで、江戸の安泰にも繋がると思ってのことだ。

まさに、渋江村は〝おとり〟とされたわけだが、功を奏して大盗賊を捕らえることはできた。突然、現れて強盗を働いては、風のように消える一党を、処刑台に送ることができたのである。

「——そのために、お久さんが犠牲になったんですね……」

「一番、辛いのは……そして悔やんでいるのは甚兵衛さんだろう。でも、今年も美しい絹織物を完成することができる、来年からも安心して取り組めるのだから……と、甚兵衛さんは涙ながらに語ってくれた」

しみじみと話す紋三を、桃香はじっと見つめていたが、

「だから、政事はいやなのです。正義のためなら、庶民を騙す」

「それは違う、桃香……」

「いいえ、そうです。そのことに、紋三親分も手助けした。私は、それが許せません」

「出たな。紋三の『許せません』が」

「茶化さないで下さい。私は今、本当に憤っております。今後は、紋三親分の下で働きたくはありません」

十手を紋三に差し出して、桃香はスッと立ち上がった。

「ならば、これからは若君として、善き政事をなさいませ。それが、あなた様の持って生まれた使命でござんす。つまらねえ御用なんぞに、かまけてる場合じゃござんせんよ」

「皮肉ですか」

「違います。心底、そう思っておりやす。人は、己に与えられた境遇の中で、最善を尽くすものだ。それが、あっしの考えでやすがね」

「――分かりました」

桃香はキリッと唇を結ぶと、背中を向けて立ち去った。

表通りに出ると、お光は心配そうに見送っていたが、桃香は振り返ることはなかった。そのまま参道の人波に混じると、女岡っ引姿の桃香はいつの間にか消えてしまった。

その後、桃香は……いや、桃太郎君は菊川町の屋敷に閉じこもりがちになった。表の御座の間に姿を現し、家臣たちとも談話をし、自分のできる政務はないかと積極的に問いかけた。その逞しい姿に、江戸家老の城之内左膳も、我が意を得たりとばかりに喜んでいた。

織姫の村で、岩馬一族と刃を交わしていたことなど知る由もない。江戸城にて公務に励んでいたと信じていたからだ。

「城中は、如何でしたかな。そろそろ、若年寄への道が開けても良さそうなものですが、まだその話は出ておりませぬか」

「――ない」

「ですが、ここからが辛抱でございまするぞ。上役に嫌われるようなことは一切、罷り成りませぬぞ。よいですな」

「分かった、分かった。おそらく、上様には気に入られていると思うぞ」

桃太郎君は適当に話を合わせてから、

「それより、江戸の治安じゃ……かねてより思うておったが、大岡越前のやり方では生ぬるい！　世の中から悪をなくすのは至難の業だが、イタチの追いかけごっこでは話にならぬ。根本から世を変えねばならぬのだ」

と豪語した。

「ちょっと、失礼をば……」

城之内は桃太郎君に近づいて、額に手をあてがった。

「熱はありませぬな……ということは、まこと政事に精魂を傾けると覚悟して下さいましたか。ありがたや、ありがたや……拙者も努力の甲斐があるというもの。これからは、若君！　拙者になんでも命じて下さいませ。何でも致しますれば！」

土下座をする城之内を、桃太郎君は真剣なまなざしして見ていたが、その心は何処か遠くにあった。自分でも度し難い、理不尽な思いが胸の中に巡っていたのだ。

さて——桃太郎君の正義感に何か火がついたのか、それとも女心が勝つのか……。

第三話　恋泥棒

一

呉服問屋『雉屋』から、町娘姿で出てきた桃太郎君こと桃香は、婆やの久枝と一緒に、久しぶりに両国橋を渡り、西詰の繁華な所を散策していた。

両国橋西詰といえば、本来は火事避けの広場なのだが、ふだんの昼間は色々な出店や茶店が並んでおり、見世物小屋の類もあり、大道芸人たちも難しい芸を披露していた。それらを楽しみに集まる人々が多く、日本橋や浅草、上野広小路に負けないほど、大勢の客で賑わっていた。

「今頃はまた、城之内は騒いでいるでしょうねえ。若君は何処、どこに行ったってね」

娘らしく笑う桃香を横目で睨みながら、久枝も微笑んだ。

「本当ですよ。せっかく、少しは政事に気が入ったと思っていたのに、すぐにこうですからねえ……でも、ずっと屋敷にいるより、私も気晴らしになっていいですわ」

「政事に目覚めたのは嘘ではないわよ」

「おやおや」

「本当よ。小さなことをひとつひとつ積み重ねるのは大切。でも、大鉈をふるうことも政事には大事じゃないかしら」

「大丈夫ですか、桃香様」

「久枝まで何てことを……でもやはり、政事をきちんとするためには、こうして庶民の哀歓を知るため、この目でちゃんと暮らしぶりを見ることも大切」

「素晴らしい言い訳を見つけましたね」

「からかわないで。本心です」

「ならば、お供致します。でも、門前仲町の方へは行かなくていいのですか」

「いいです。嫌いになりました」

「え……？」

「それより、あの大道芸、面白そう」

と駆けていくと、そこでは大道芸というよりは、賭け事に近いことをしていた。

剣豪風の男が木刀を差し出して、

「さあさあ。お立ち会い、拙者に一太刀でも浴びせることができれば、賭け金の倍返しをするぞ。お立ち会い。一朱なら二朱、一分なら二分、二分ならば一両、一両なら二両……さて、お立ち会い。拙者を打ち負かす勇気のある者はおらぬか、さあさあ」

と通り行く人を誘っている。

「久枝……あれ、やってみたい。大した腕ではなさそうだし」

「よしなさい。負かしても妙な仲間がいて、あれこれ因縁をつけてくるんですよ。怪我をしたから金を出せとか、奉行所に訴え出てやるとかね。そういう輩です」

「そういう輩なら、尚更……」

止める久枝の腕を振りはらって、桃香は剣豪風の浪人の前に立って、

「一両で如何?」

と声をかけ、チラリと小判を見せた。

「これはお転婆なお嬢様。痩せても枯れても拙者は侍。おなごを相手に刀を振るわけにはいきませぬ。たとえ木刀でもな」

「真剣でもようございますよ」

「いやいや。それは大怪我のもと。ささ、大人しく見物だけしてなさい」

「自信がないのですか。なんだ、これって、もしかして、何か売りつけるための前ぶり？　わざと怪我して蝦蟇の油を塗るとか」

からかうように言う桃香に、剣豪風はカチンときたのか、

「相分かった。何手でも構わぬからかかってきなさい。金は先払いですぞ」

「どうせ、戻ってくる金だけど、まずはハイどうぞ」

一両を相手に渡すと、桃香は木刀を受け取った。ブンと軽く鳴らしてから、

「いざッ――」

と青眼に構えた。

剣豪風は手に何も持っていない。ただ、自然体に構えており、

「さあ、いつでも、何処からでもかかってきなさい」

と気迫のこもった声をかけた。

その光景が面白いのか、野次馬たちが何人が集まって、勝負の行方を見ていた。

ジリッと間合いを詰めた桃香は、「エイッ」と気合いを入れた次の瞬間、剣豪風の肩に木刀を叩き落としていた。その場に、ガックリと崩れた剣豪風は、苦痛の声を洩らした。

「さあ。二両、戴きますよ」

桃香が手を差し出すと、剣豪風の形相が変わり、

「小娘……鎖骨が折れたかもしれぬ。これでは商売にならぬ。この一両は、治療代として貰い受けておく」

「ほら、きた」

ニコリと微笑みかけた桃香は、野次馬たちを見廻しながら、

「ねえ、皆さん。負けたら倍返しって言ってましたよね、このご浪人さん。なのに怪我の治療代にするだなんて、これじゃ騙りじゃないですか、ねえ」

朗々と話していると、数人の強面のならず者が現れた。

「おや、まあ。久枝の言うとおりだわ。伊達に年は取ってないのね」

ぼやくように言う桃香に、ならず者たちはスルメイカをくちゃくちゃ嚙みながら、

「娘さん。こいつが本気を出せば、あんたイチコロだったんだぜ。怪我させちゃいけねえから、わざと負けたんだ。可愛い顔に傷がつかないうちに帰んな」

と脅した。が、桃香は全く動ぜず、

「あなたたちの方こそ、その汚い顔がもっと傷つかないうちにサッサと立ち去りなさい。さあ、二両下さいな、ご浪人さん」

手を差し伸べた途端、ならず者たちが袖を捲って刺青をちらつかせながら、桃香を取り囲んだ、そのときである。

野次馬の中から、総髪の若者で、見るからに正々堂々とした風貌が出てきた。鞘袋に包んだ刀を背負っており、

「みっともない真似はよさないか」

と浪人たちに声をかけた。

振り返ったならず者たちは、憎々しげに目を細めて、

「関係ない奴はすっこんでろ。怪我するぜ」

と声を荒らげた。

若者は怯むどころか近づいてきて、桃香を庇うように立った。

「今のは、わざとやられたのではない。本当なら、その浪人の方が脳天が割られていたところだ。この娘の方こそ、わざと太刀先をずらし、肩に落としたのだ。鎖骨が折れただけで良かったな」

若者がそう言うと、浪人たちは俄に形相が変わって、匕首を抜き払った。剣豪風の浪人は肩に手をあてがいながらも、懸命に抜刀して構えた。

「倍返しせよとは言わぬ。客から掠め取った金はぜんぶ、返してやることだな」

そう言った若者に、剣豪風が斬りかかったが、あっさりと蹴倒(けたお)し、襲いかかってくるならず者たちにも拳(こぶし)を浴びせたり、柔術で倒したりして、あっという間にねじ伏せた。

「覚えてやがれ！」

決まり文句を言って逃げ出したならず者たちを見送って、その場に倒れている剣豪風に声をかけた。

「金は返して貰うぞ。いいな……さあ、皆の衆。取られた人たちは、持って帰りなさい。遠慮はいらないぞ」

爽(さわ)やかに振る舞う若者を見ていた桃香の頬(ほお)が、ポッと紅潮(こうちょう)した。それに気付いた久枝は、すぐさま袖を引っ張って、

「ささ、行きますよ、桃香様……」

と立ち去ろうとした。

桃香は振り払って、若者の側(そば)に跳(は)ねるように近づいた。相手の背丈はさほど高くなく、桃香と二寸と違わないが、なんとも正義感の溢(あふ)れた爽やかな顔だちに、桃香はさらに頬を赤らめた。

「ありがとうございます。助かりました。あの……お名前をぜひ……」

「いえ。名乗るほどの者ではありませぬ」

「そうおっしゃらず……私は……ええと、私は……」

言い淀む桃香の顔を、若者はまじまじと見ていた。

「恥ずかしいですわ……そんなに見つめられては……いやですわ……」

「何処ぞで会ったことがありませぬか」

「あら……きっと前世では恋仲だったのでしょうか……あはは」

「いや。勘違いであろう。失礼をばした」

素直に謝る若者に、桃香の方から擦り寄るように、

「私は……門前仲町という所にある呉服問屋『雉屋』の姪っ子で……桃香と申します。御礼と言ってはなんですが、お茶でも如何でしょうか。もし、お腹が減っていれば、泥鰌鍋の美味しい店もございますし……」

「門前仲町、とおっしゃいましたな」

「あ、はい……」

「丁度、良かった。江戸は久しぶりで、実は道に迷ってましてな。門前仲町に行くつもりだったのです」

「そうですか。それは奇遇。これも神様のお導きでしょうか」

「かもしれませぬな」

「で、門前仲町のどちらへ？　富岡八幡宮でございますか」

「さよう。そこにある〝おかげ横丁〟の紋三という岡っ引の親分さんの所へ」

「え、ええ!?」

あまりにも素っ頓狂な声を上げた桃香に、若者の方が反り返るほど驚いた。

「──ご存知なのですか……」

「ええ、まあ……江戸で一番の大親分ですから……」

「ならば、参りましょう。いや、私こそついている。ぜひに、お連れ下さい」

若者は意気揚々とした感じで、桃香に微笑みかけた。傍で見ていた久枝は、婆やだと名乗って、道案内を買って出た。

今し方、渡ってきたばかりの両国橋を、東詰の方へ向かって歩き出した。桃香の足取りは今ひとつ軽くなかったが、思いがけない若者との出会いに、胸はときめいていた。

そんなふたりを──。

如何にも怪しげな浪人ふたりが、野次馬の中から出てきて、尾け始めた。

髭面と顔に刀傷のある者たちだ。大道芸の見かけ倒しの剣豪風とは違い、いずれもかなりの腕利きのようだった。

二

富岡八幡宮の参道から入った〝おかげ横丁〟にある紋三の家に、桃香と久枝は、若者を案内してきた。

「では、私たちはこれで……用事が済みましたら、ぜひに……」

挨拶もそこそこに立ち去ろうとした桃香に、出先から帰って来たのであろうか、お光が声をかけた。

「あら、桃香さん。久枝さんもご一緒に。お花見ですか」

大横川沿いは、そろそろ桜が満開で、往来する荷船の船頭たちも、櫓を止めて見惚れている頃合いだった。

「兄ちゃんなら、いますよ。さっきまで、ご近所の人たちと花見酒と洒落込んでましたから……寝てるのかな？」

お光はいつもの屈託のない笑みで、ふたりを招き入れた。若者にも気付いて、頭を下げた。すると、若侍の方から、

「一文字菊丸(いちもんじきくまる)でございます。紋三親分には、一別以来でございます」

と名乗った。

――一文字菊丸。

の名を聞いて、桃香と久枝はアッと声を洩(も)らして顔を見合わせた。

不思議そうに振り向いた若侍が、

「私の名をご存じで……」

と訊(き)くと、久枝の方が控え目に頭を下げてから、

「そうとは知らず、ご無礼を致しました。一文字菊丸様といえば、天下に名だたる名刀の中でも名刀を作る刀鍛冶(かじ)ではありませぬか。畏(おそ)れ入りました」

「いえ。それは父の方で、私はまだ継いだばかりです」

「とはいっても、一文字家といえば、元は武士で代々、刀鍛冶をなさっており、お父上はたしか六代目……」

「お詳しいですね。私は七代目とはいえ、まだまだ駆け出しでございます」

「そうでしたか、七代目……」

久枝が感心したように見ていると、若侍――一文字菊丸の方が首を傾(かし)げた。

「何か……」

「いえ。名刀の刀鍛冶が、なぜ紋三親分に……と思いましてね」

「不思議ですか？　とにかく、袖振り合うも他生の縁。ましてや、紋三親分と顔見知りであるとは、心強い。ぜひ、ご同席下さいませぬか。宜しゅう頼みます」

丁寧な物腰の一文字菊丸に、ますます桃香は心惹かれてしまったようだ。惚れやすい性分ではないが、今は丁度、夢見る年頃だということを、久枝はよく知っている。だからこそ、町場を歩き廻って、いい若侍を見かけたり、歌舞伎芝居を観にいっては、男前の役者に心寄せたりしているのだ。

紋三は花見酒でほろ酔いだった。桃香の姿を見て、

「よう。また十手を持ちたくなったかい」

と屈託のない顔で声をかけた。

十手返上をされたが、元々、御用なんて女がすることではないと思っていたから、丁度良かったと紋三は思っていたのだ。

「何の話でしょう。私、十手などという野暮なものは持ったことがございませんが」

誤魔化すように桃香が言うと、紋三は大笑いをして、

「何を言ってやがる。危ないからやめろと言っても、『悪い奴は許せません』っ

て十手を振り廻す。お転婆娘もそこまでやりゃ、大したものだけどな」

「そのようなことは知りません。何を言ってるのですか、親分さんは」

そっぽを向いた桃香だが、菊丸の方は苦笑して、

「なるほど。それで、さっきの騙り芸人をとっちめたのですな」

みるみるうちに、真っ赤になった桃香は、「知りません」と振袖で顔を隠しながら、外に飛び出していった。

「なんだ、あいつ……」

紋三は素っ気なく言ったが、お光の方は勘づいたらしく、

「――また始まりましたか」

と久枝に訊くと、どうやらそうらしいと頷いた。

しかし、菊丸の方はまったく桃香には興味がないらしく、特に気にすることもなく、背中の鞘袋ごとの刀を下ろした。

「新しい刀ができたんでやすね」

「はい……讃岐の殿様にお届けしたのですが、なかなかの名刀とお誉め戴き、自分よりは江戸屋敷の〝若君〟に渡してくれと頼まれまして」

「讃岐って、うちのことですか？」

思わず訊いた久枝に、菊丸は首を傾げた。

「うち……」

咄嗟(とっさ)に、久枝は首を左右に振った。

「あ、いえ。私も親戚が讃岐にいるもので、ますます縁があるなと……」

「そうでしたか。私は生まれも育ちも備前(びぜん)です。瀬戸(せと)の海を挟んで対岸が讃岐で、先祖からのお付き合いがあり、讃岐綾歌藩(あやうたはん)にも刀を奉納しております」

「なるほど……」

久枝は頷いたものの、なぜ紋三を訪ねてきたのかは分からなかった。

「紋三親分と一文字菊丸さんとはどういう関わりなので……？」

「実はな、六代目の一文字菊丸と俺は、昔馴染(なじ)みの飲み仲間なんだよ。とはいっても、六代目の方が十歳ばかり年上だが、そんなことは関わりなく、随分と飲み歩いた」

先代が亡くなって、息子が継いだということは聞いていたが、親父に似ず、なかなかの色男風だなと、紋三はからかった。

「だから、桃香も一目惚れしたのかもね」

久枝は可笑(おか)しそうに笑ってから、

「そういや、六代目は、しばらく江戸にいましたよね……住んでたのは、たしか亀戸村(かめいどむら)の方でしたよね。刀の神様でもある香取明神(かとりみょうじん)があるってことで」

「――よくご存じですね……」

不思議がる菊丸に、紋三の方が答えた。事情を察しているからだ。

「このおばさんは、なんでも知ってるんだよ。年の功でね」

「なんですか、酷い言い草」

久枝は少しふくれっ面になったが、紋三はすぐに謝って、

「とにかく先代菊丸さんとは、ただ気が合うだけでなく、ちょいとした事件で力を貸し合った仲なんだよ」

「はい。そのことは、父からもよく聞いておりました。なので、江戸に来たからには、まずは紋三親分に挨拶をと」

「そうかい。そりゃ、ありがてえな」

「手土産もありませんが、まずは、この刀を見て貰いたいと思いまして」

鞘袋から出した刀を、丁寧に扱いながら、鞘から出して見せた。ふつうの刀よりも身幅が広く、弓なりに反っており、切っ先から柄に覆われている茎(なかご)まで、透き通ったように燦(きら)めいている。優雅で豪壮華麗と評される刀である。

「――ほう……溜息が出るばかりですな。さすがは、備前一文字吉房(よしふさ)の流れを汲(く)む名刀を作りましたな」

「過分なお褒めを戴き、ありがとうございます」

「もっとも、俺なんざ、刀の善し悪しは分からないド素人だが、お父上が鍛錬していたものと比べても、まったく引けを取らないと思いやすよ」

「父上と親友である紋三親分のお墨付きを戴きますと、安心して奉納できます」

「下総国(しもうさのくに)の香取神宮まで行くのかい」

「いいえ。父がこよなく愛した亀戸の香取明神にでございます」

香取明神は、平将門(たいらのまさかど)を追討した藤原秀郷(ふじわらひでさと)が戦勝祈願をした神社で、数多くの武芸者が訪れている。藤原秀郷は、近江三上山(おうみみかみやま)の百足(むかで)退治をした俵藤太(たわらのとうた)としても、有名な伝説を残している。源平藤橘(げんぺいとうきつ)という権勢を誇った武家棟梁のひとりとしても知られていた。

祀(まつ)られている経津主神(ふつぬしのかみ)という刀剣の神様に、三日三晩、預けて後、奉納先に届けるという。その奉納先というのが、讃岐綾歌藩上屋敷の若君、桃太郎君だというのだ。

「あいや。綾歌藩のお屋敷なら、目と鼻の先だ……讃岐のお殿様から、若君の方に届けてくれとのことでしたな。後で、あっしが案内して差し上げますよ」

「ご丁寧に、ありがとうございます」

菊丸は頭を下げたが、先程からなんとなく雰囲気がおかしいと察したのか、

「何か、私は変ですか……」

と身なりや態度を気にするように訊いた。

「いや、まったく。立派な御方だなと拝しておりました」

紋三は素直に答えたが、菊丸は少し落ち着きがなくなり、ふたりを交互に見た。

「そうですか……」

「ええ。父上に似て、実に立派でやすよ」

「若君に会うのも楽しみにしております。実は一度だけ、何年か前、まだ元服前に讃岐の城に来た折に、父と共に拝謁したことがあります。離れていたので、若君は覚えてないでしょうが、とにかく再び会えることを楽しみにしております」

と菊丸は懐かしそうに言った。

だが、久枝はそれを聞いていて、なんとも複雑な思いに駆られた。それは紋三も同じで、騒動にならなければよいがと、懸念した。

早速、香取明神まで同行した紋三だが、怪しげな浪人がふたり尾けてくるのを、

察していた。菊丸の方は気付いていていない。

「俺の家も見張っていたようだが、用心棒でも雇ってやすかい？」

紋三が訊くと、菊丸は「えっ」と後ろを振り返ろうとした。紋三はそれを止めて、

「おそらく、この刀を狙っている奴かもしれやせん」

「刀を狙ってる……？」

「一文字菊丸といえば、稀代の妖刀としても知られている。妖刀といえば、逆に守り刀としての値打ちがあり、かなり高く売買されるとか」

「妖刀と言われるのは、心外なのですが……」

「本当に狙われる覚えはないのですな」

「ありません。私はただ、父上の遺言に従って、江戸に来ただけです」

「だとしても、気になる……俺の手下を張り付けておきやしょう。七代目菊丸さんにも、香取明神にも」

紋三は胸を叩いたが、菊丸は思わぬことに、不安が込み上がってきた。その様子を見ていた紋三は気がかりになり、

「やはり、何か知っているのではありやせんか」

と尋ねると、菊丸は小さく頷いて、

「紋三親分だからこそ、申し上げます……」

改まった態度になって、並んで歩きながら小声で話した。

「さっき妖刀……と言われましたが、あながち嘘ではありません。実は、父上が作った刀によって、何人かの人が斬り殺されました。ええ、国元で……」

「斬り殺された……」

「はい。父上はそれを苦にして……自分の脇差しで自害したのです……」

紋三は驚きを隠せなかった。

「刀鍛冶の魂は何代も続き、作った刀に宿る……だから、私が作ったこの刀も必ず、父と縁の深い香取明神で清めよと」

「そうだったのかい……」

立ち止まって瞑目した紋三は、毅然として振り返った。そして、浪人を睨んで近づこうとすると、ふたりは慌てたように踵を返して立ち去っていった。

「何か疚しいことがあるようだな……。七代目、江戸に来たからには、おまえさんの身のことは、あっしに任せておくんなせえ」

鋭い目になって、紋三は逃げる浪人の後ろ姿を睨み続けていた。

三

香取明神に祀られる経津主神は、日本の国土平定に関わり、利根川を挟んである香取神宮とともに、古くより武神として崇められており、源頼朝や足利尊氏からも寄進されている。

ゆえに、関東入封した徳川家康の朱印地となり、幕府は何度も神殿や楼門の大造営をしている。そして、江戸の地には、香取明神として鬼門を守っているのである。

その本殿に、一文字菊丸の刀を奉納した翌日の夜のこと――。

夕方から風が強かったが、深夜になって突然、神殿に火の手が上がった。注連縄や障子がいきなり燃え、風に煽られるように神殿を覆っている樹林も煙り始めた。そして、神社全体が火の海になったのである。

激しい半鐘が鳴り、北組十五組の町火消たちが駆けつけてきたが、真夜中の空が明るくなるほど炎が上がっていた。

「うわあ、えれえこった！」「火事だ！　危ないから、逃げろ！」

紋三に命じられて、岡っ引や下っ引が十人ばかり詰めていたが、折からの風で手が出せないほど火事が広がっていた。

神楽の猿吉は真っ先に、神殿に飛び込もうとした。そこには、奉納したばかりの一文字菊丸があるからだ。

だが、火の手が大きくて近づけない。竜吐水も役に立たない。町火消たちが声をかけながら柱や屋台骨を崩すしかないが、それも難しい。周りに民家が少ないのが幸いだと、見守るしかなかった。

火事騒ぎが起こっている神社の裏手には――。

猿のように走る頬被りの男がいた。その姿を、神殿から刀を取り出せないかと、うろついていた猿吉が目にした。

「おや……!?」

気になって追いかけてみると、手には刀が握られている。暗いから、はっきり見えないが、一文字菊丸に違いないと思った。

「待ちやがれ。それは奉納した刀だな」

声をかけた猿吉を一瞬、振り返ったが、そのまま頬被りの男は駆け去った。韋駄天の猿吉でも追いつけないくらい、足が速い奴だった。しかも鬱蒼としていて、はっきりと足下が見えない。神殿が燃える明かりで、なんとか道が分かるくらいだ。

人影を捉えた。猿吉は「待てえ！」と怒鳴りながら追いかけていると、ふいに目の前に刀が振り下ろされた。

――ブン、ブン。

と、さらに振り下ろされてくる。

そこにいたのは、髭面の浪人で、頬被りの男はどんどん先に逃げていった。

「てめえ……仲間か……もしかして、一文字菊丸を付け狙っていた奴だな」

猿吉が十手を突きつけたが、相手は問答無用で刀で斬りかかってきた。その勢いは凄く、避けるのも大変だった。敵わないと感じた猿吉は、諦めて逃げるしかなかった。

刀が盗まれた――。

との報せを聞いた紋三は、思わず猿吉を小突いたが、敵を甘く見ていたと自分を責めた。焼け跡には、大量の油を撒かれた痕跡が残っていた。まさか火事を起こして、その騒ぎの中で盗み出すとは思ってもみなかった。

「申し訳ない、菊丸さん……」

紋三は深々と手をついて、頭を下げた。

「俺がもっと、しっかりしておれば……油断してしまった」

「いいえ。紋三親分のせいではありません」

悔し涙がこぼれそうであったが、菊丸はぐっと歯を食いしばっていた。

「――一文字菊丸の刀は、讃岐綾歌藩のみならず、幾つかの大名家が御家の守り刀だと信じられていて、会心の作を一振りずつ納めに参りました」

「……」

「ですから、たとえ妖刀と言われようと、私も精魂傾けて、刀を打ってきました。妖刀などではない……父上は自刃することなどなかったと証を立てるために、父上の名誉を取り戻すために懸命に……」

溢れ落ちそうな涙を、菊丸は手の甲で拭って、じっと堪えていた。その気持ちは、先代一文字菊丸と深い付き合いがあった紋三には、よく分かった。

「その大切な刀を私は……」

「……でも、菊丸さん……間違ってたら、すみませんよ」

紋三はなぜか岡っ引の目に戻った。

「あなたは、父親は自害したのではなく、誰かに殺された……そんなふうに思っているんじゃありやせんか？」

「え……」

「その溢れそうな涙で、そう感じたんでやす。妖刀のせいにして、責任を取らされ追い詰められた……と見せかけ、実は殺された。何か、とんでもない理由で」

十手持ちの性なのか、紋三にはそう感じたのだ。

「それに……先代はどんなことがあっても、自害するような人じゃなかった」

「……」

「こんなことがあった……ある夜、ふたりで深酒して、橋を歩いてたら、心中しようとした親子を見つけた。抱きついて必死に止めて、鍛冶場のある家まで連れて帰った。そこで、得々と説教して、どんなことがあっても死んではならないと話したんだ」

「はい……父上ならやりそうです」

「刀は武器であり、戦になれば相手を斬るものだ。しかし、その前に、身を守るものであり、仕掛けるものではない。ゆえに、〝守り刀〟として、武家に長男が生まれたときなどは、わざわざ刀鍛冶に誂えさせた。刀は決して人の命を奪うものではない。刀鍛冶は、命を守る者と心得て作らねばならない……そう言ってた」

「私もそう教えられました」

「だから、その刀で自分の命を絶つなんてことは絶対にありえねえんだ」

紋三は滔々と話してから、菊丸の顔を見据えた。

「――刀は草の根を分けても探し出し、必ず取り戻す。だから、正直に讃岐綾歌藩には申し出やしょう。あっしも一緒に参ります」

「いえ……私、ひとりで大丈夫でございます。ありがとうございます」

菊丸は紋三を責めるどころか、父親の死について触れたことに感謝まで述べた。

その頃、讃岐綾歌藩上屋敷では、奥向きと表を繋ぐ渡り廊下を、総髪で月代は剃っていないが、羽織袴という若君姿の桃太郎君が行ったり戻ったりしていた。

「何をためらっておいでです、若君」

ついて歩く江戸家老の城之内左膳は、不思議で仕方がなかった。

「一文字菊丸が自ら参ったのですぞ。七代目でまだ若武者のような顔だちですが、今日は裃を着て礼節を尊ぶ態度です」

「分かっておる」

「ですから、何故に、会いたくないのです」

「会いたくないのではない」

「ならば、なんなのです」

「それはだな。ええと……一文字菊丸は妖刀だと聞き及んでおる。先代もその祟りか何かで死んだとか……ゆえにだな」

「迷信とか化け物の類は信じないのではありませなんだか？」

皮肉そうな顔で、城之内は迫った。

「仮に妖刀だとしても、我が松平家にとっては邪気をはらう剣でありますぞ。事実、若君が生まれたときも、鬼退治ができるほどの立派な刀を先代が打ってくれました」

「まあ、そうだが……」

「今般は、国元のお殿様が御家を継ぐ若君に、この刀を託する思いで……」

「いや、父上がご健在である限り、私は……」

「それはそうですが、継嗣は若君に決まっておいでです。事実、江戸城に登って、色々とお勤めをなさっておいででしょう」

「あ、いや……それも……」

曖昧に答える桃太郎君の顔を覗き込んで、城之内は険しい声になり、

「もしや、何か失態でも演じましたかな。そういえば、このところ屋敷におることが多く、江戸城には赴いておりませぬが……老中や若年寄から何か顰蹙を買うようなことを、したのではありますまいな」

小姑のような態度で、追いかけた。

もう面倒臭いと思ったのか、桃太郎君は表御殿の広間に出向いた。禿を引き連れて、上座に着いたとき、中段の間を置いて、下段の間に控えていた菊丸は「ハハア」と頭を下げた。わずか三万石程の殿様とはいえ、身分の差は大きいのである。

桃太郎君は何も声をかけず、黙っていたが、筆頭席の城之内が、

「——苦しゅうない。面を上げなされ」

と気をきかして言った。

ゆっくり顔を上げた菊丸は、凛とした顔つきで、上座の桃太郎君を凝視した。

「一文字菊丸にございます」

桃太郎君の方は思わず、目を少し逸らして、

「ええ……遠路、御苦労であった……」

と返したが、胸が痛み出した。

両国橋西詰で会った桃香と気付かれまいかという思いと、一目惚れした相手がすぐ側にいるという事実が入り混じって、身の置き所がなかったのだ。

しかし、菊丸の方は勘づいていない。それどころではない。菊丸は菊丸で、激しく緊張をしていたのだ。

「申し上げます……実は……若君に献上するはずの私が鍛えし〝守り刀〟が、香取明神にて清めて戴いている間に火事が起こり、……何者かに盗まれてしまいました」

「なに――!?」

腰を浮かさんばかりに、仰天の声を上げたのは、城之内の方であった。

「ど、どういうことじゃ。もそっと分かるように話されよ」

「はい。七代目、一文字菊丸として、私が作り上げた刀を、お殿様から直に渡せとの命とはいえ、桃太郎君にお渡ししたかったのは……」

声が詰まった。

「……桃太郎君を心からお慕いし、お守りしたいがための刀だったのですが、思いもかけず……まことに申し訳ございませぬ」

「お慕いし……」

桃太郎君はピクンと体を捩(よじ)らせ、その言葉を口の中で繰り返した。そして、

「私も」と言いかけるのを飲み込んだ。

「改めて、お作り直しいたしますので、今しばらくお待ち下さいますでしょうか」

じっと見上げる菊丸の目を、桃太郎君はチラリと見て、

「盗まれたのならば、やむを得まい。そなたが無事でよかった」

「えっ……」

「刀は命を守るものゆえな。盗まれたことで、そなたの災厄が消えたのならば、それでよいと思うておる」

「お許しいただけるのでございますか」

「許すもなにも……余の方がすっかり心を盗まれてしもうた」

思わず口から滑った桃太郎君は、軽い咳払(せきばら)いをして誤魔化したが、今度は菊丸の方が不思議そうに見上げて、

「えっ……心を……？」

「いや。なんでもない。苦しゅうない……刀のことは気にするでない。おぬしの

言うとおり、また作ることもできよう。あるいは、盗んだ者は悔い改めて、返すかもしれぬ」

「そうであればよいのですが……」

「もしかしたら、盗んだ者にこそ災いが及ぶかもしれぬな。なんといっても、妖刀一文字菊丸の誉(ほま)れ高き名刀ゆえな」

「妖刀と言われるのは心外なのですが、もしや悪いことが起きないとも限りませぬ。そうならないことを祈っておるばかりです」

「同じ気持ちじゃ……菊丸……もそっと、近(ちこ)う寄れ」

「はあ……よろしいので」

菊丸の方も妙な緊張を覚えて、中段の間に進み上がると、桃太郎君はしばし、その顔を見つめていた。

「――わ、私の顔に何か……」

「いや……御苦労であった。たしか、そなたとは、讃岐綾歌城で一度会って以来だが」

「覚えて下さっておりましたか」

「父上と一緒で、なぜか能の仕舞いを舞っていたよのう」

「はい。刀鍛冶は神事のひとつと考えられ、縁起(えんぎ)を担いで能を舞うのです」

「うむ。見事であった」

「ありがたき幸せ」

「余こそ、かように再び会ったこと、幸せであるぞ」

「畏れ多いお言葉でございます。しかも、失態をした私めに……」

平伏する菊丸を、しばらく見つめていた桃太郎君の目には、うっすら涙すら浮かんできた。それを見られてはまずいと立ち上がり、

「御苦労であった。膳なども用意しておる。邸内にて、ゆっくりと寛(くつろ)いでいかれよ」

と声をかけて上座から立ち去った。

菊丸は万感の思いで平伏したまま、懺悔(ざんげ)の気持ちに打ち震えていた。

四

大名家に届けるはずの一文字菊丸が盗まれたという噂は、町場のみならず、武家の間でもすぐに広まった。

しかも、刀の神様である香取明神に付け火までして盗んだとなれば、お上が動かぬはずはなかった。評定所でも直ちに詮議され、町奉行と寺社奉行が話し合いの上、南町奉行の大岡越前が指揮を執ることとなった。

事件に関わった紋三はもちろん、自分の失策でもあるから、門弟〝十八人衆〟も駆り出し、名刀を盗んだ者を躍起になって探していた。だが、思うように事は運んでいなかった。

紋三の家に逗留していた菊丸は、苦しいときの神頼みではないが、富岡八幡宮にも参拝し、必ず見つかるようにと祈った。

境内を暗澹たる思いで歩いていると、

「菊丸様あ！　ここにいらっしゃいましたか、菊丸様あ！」

弾くような明るい声が聞こえる。

振り返ると、一際めかし込んだ町娘姿の桃香が小走りで来る。

「ああ……桃香さんでしたな……」

「はい。お光さんから、ここにいると聞いたので。この度は災難でしたね」

と言いながらも、さほど同情しているふうでもない。桃香はニコリと微笑みながら、

「そんなに思い詰めなくても、必ず出て来ますよ。なんたって名奉行の大岡越前様が出張ってきたし、私もほら……」

とお神籤を見せて、

「探し物は出てくるって。良かったわ」

「――でも、それは、桃香さんが引いたお神籤でしょう」

「私が引いたからこそ、いいのよ」

「えっ……？」

「塞いでてもしょうがないから、美味しいものでも食べましょう。そろそろ、お昼だし……あ、そうだ。紋三親分一押しの『うな将』という鰻の店があるんです。さあさあ」

桃香は菊丸の手を取った。が、思わず菊丸の方がサッと引いた。

「あ、ご免なさい……殿方に対して、ご無礼でしたね」

「いや、別にいいが……」

「それにしても、柔らかい手……刀鍛冶って、もっとゴツゴツしてるのかと思った」

「鉄槌を使うから力仕事に見えるが、コツがあって、剣術のような肉刺などはできないのですよ」

「そうなのですか」

「ええ。それより、桃香さんの方が見た目と違って、しっかりと剣胼胝のようなものができてますな。どおりで、あの大道芸の剣術使いを簡単にやっつけたわけだ」

「――恥ずかしい……」

「町道場で、稽古でもしてるのですか」

「ええ、まあ……物騒な世の中ですから……さあ、参りましょう」

半ば無理矢理に、一ノ鳥居の近くにある鰻屋に入った。二階の窓辺に陣取ると、町屋越しに江戸湾が見えた。今日は霞んでいるが、天気の良いときには、遠く富士山も眺められる。

鰻が焼き上がるまで、ふたりが並んで手摺りに凭れながら、江戸の風景を眺めていると、他の客がちらちら見ている。

気になった菊丸が不思議そうにしていると、桃香はクスリと笑って、

「江戸ではね、鰻屋といえば、理無い仲のふたりが来るものなの。男と女の場合はね。うふふ。その後、出合茶屋に行ったりとか」

「……」

「あら、ご免なさい。私としたことが、ひとりで、はしゃいじゃって」

「いや。いいのです……きっと私のことを慰めてくれるために、そうして明るく振る舞ってくれているのですね」

「いえ、そんなことは……」

「私は良き人に恵まれている。紋三親分といい、桃香さんといい……若君も素晴らしい御仁でございます」

「——若君……」

桃香が探るような目になると、菊丸は素直に頷いて、

「私の失態を叱るどころか、すんなりと許して下さった。それどころか慰めの言葉もかけて下さり、恐縮至極です」

「若君って……」

「ああ、讃岐綾歌藩の桃太郎君です……そういえば、桃香さんも、〝桃〟ですな。私の備前も桃がよく採れるので、桃には縁があるのでしょうか」

「あるんですよ、きっと。その若君様が許して下さったなのなら、もう思い悩むことはないじゃありませんか。また新しいのを作ればいいのでは？　刀って、そ

ういうものではないのかもしれないけれど……」

「若君もそう言って下さいました。だからこそ、余計、精魂込めた刀を差し上げたかった……ええ、思いの丈を込めて、打ったのですからね」

真剣なまなざしで悔やむ菊丸の顔を、まじまじと見つめていた桃香は、急に胸が痛くなった。ふっと短い溜息をつくと、菊丸もふと気付いて微笑み返し、

「これはすまぬ……私にとって若君は憧れの人なのでな」

「憧れの人……」

「ああ。何年か前に一度だけ、讃岐で会うたが、凜として男の中の男だと思った」

「男の中の男……」

桃香は複雑な心境で頰を歪めた。

「まだ前髪の少年だったけれど、此度、お目にかかって、ますます磨きがかかった青年におなりになっていた。そういう御仁にこそ、一文字菊丸は相応しいと思うております」

「……」

「実は……江戸城でも一度だけ、お目にかかったことがあるのです。二年前の年

賀の折でした……その時は、三河吉田藩のお殿様、大河内刑部大輔様に、父が鍛えし刀を奉納し、その縁で年賀の席に……」

菊丸の話に、桃香も驚いた。父の代参で、毎年の年賀には出ているのだが、その場に菊丸がいたとは知らなかった。

「三河吉田藩の大河内様といえば、譜代の譜代……今も若年寄首座をお勤めです」

「はい。名誉なことですが……江戸家老の稲垣主水亮様のご配慮で、お屋敷に奉納した直後のことなのです……一文字菊丸が妖刀などと噂が立ったのは」

そうかもしれないと、桃香も思い出したが、特に気にすることはなかった。ただ、大河内刑部大輔の名が出たことが気がかりだった。三河吉田藩については、近頃、あまりよい噂を聞かないからだ。

焼き上がった鰻が出てきた。香ばしい匂いを嗅ぎながら、菊丸は一口食べると、

――うっ。

となった。そして箸先についている柔らかな身を見て、

「なんだ……これは……べちゃべちゃしている」

「え……?」

桃香も食べてみると、ニコリと笑って、

「普通ですよ。やっぱり、『うな将』は一番だあ」

とホクホクした顔になった。

実に美味そうに食べる桃香を見て、菊丸はしばらく気持ち悪そうに口に運んでいたが、しだいに味わいが膨らんだのか、

「なるほど」

と頷いた。鰻の食し方として、上方では腹開きでそのまま焼くが、江戸では背開きで蒸してから焼く。その違いに感心しながら、菊丸は満足げに、

「いやあ……郷に入りてはなんとやらだが、実に美味い。本当に美味いものですな。しかも、この甘辛いタレがたまらぬ」

満足げに笑った。その穏やかな顔を見て、桃香も微笑み返し、

「ね。美味しいものを食べると、心配事も薄らぐでしょ。だから私は、何か嫌なこととか辛いことがあると、思い切り美味しい物を食べることにしているの」

「それは妙案だな。はは。たしかに、少しばかり楽しくなってきた」

「少しばかりですか？」

「いやいや。大いに楽しい。しかも、桃香さんと一緒だからか、気持ちまで軽や

かになってきた……ありがとう」

素直に喜ぶ菊丸を見て、桃香の方まで嬉しくなってきた。だが、心の片隅では、自分の身分や立場を知っているから、如何ともしがたい思いにも駆られていた。

それから、ふたりが出会った両国橋西詰の見世物小屋や浅草の浅草寺界隈、隅田川の散策、屋形船に乗って日本橋まで下った。ずらりと並ぶ大店。その軒看板に挟まれた富士山を見渡せる広小路などを巡りながら、さながら江戸見物を楽しんだ。

江戸城の外濠と城壁を眺めながら、当てもなく歩いているふたりの姿は、まるで恋人のようであった。

「あはは。楽しすぎて、喉が渇きましたわ」

桃香は茶店の床机に座って、甘い物でも食べようとしたが、ふと菊丸は立ち止まり、路地の方を振り返った。

——見覚えがある。あの男だ。

と菊丸は思った。

香取明神に奉納する前に、尾けてきていた髭面の浪人の顔だ。その男が火事場から刀を持ち去った頬被りの男を逃がすために、猿吉を殺そうとしたことも、菊丸は聞いていた。

「もしや……またぞろ、尾けられていたのか……」

　菊丸は考えるよりも先に、路地に入り浪人を追いかけ、思わず声をかけた。

「待て。私の刀をどこに持ち去った」

　髭面の浪人は振り返りざま、菊丸に斬りかかった。明らかに誘い込んだという気迫であった。菊丸は咄嗟(とっさ)に後ろに飛び退(すさ)り、

「なぜだ。刀をどうするつもりだ」

　と問い詰めたが、無言のまま切っ先を突きつけ、鋭く二振り、三振りした。菊丸も多少の武芸の心得はあるが、相手の浪人の剣捌きは鋭く、手練(てだ)れでも躱(かわ)すのが難しいほどであった。

「あっ——」

　溝の蓋に足を取られ、体が傾いたところへ、髭面の浪人が鋭く突いてきた。切っ先が、菊丸の胸の辺りを切り裂いた。

　その時、シュッと飛来した小柄(こづか)が、髭面の浪人の顔を掠(かす)めた。それを投げた桃香が、路地に飛び込んできて、

「よしなさい。何をするのです。容赦しませんよ」

と懐刀を抜き払った。

小太刀は得意中の得意だが、手にしているのは懐刀に過ぎない。じりっと間合いを取りながら、髭面の浪人が斬りかかろうとすると、今ひとり、桃香の背後から浪人らしき人影が現れた。

気配に思わず身を翻した桃香だが、素早くその目の前を通り過ぎて、髭面の浪人に一太刀浴びせた。かろうじて避けたが、髭面の浪人の袖を斬り、露わになった腕からは血が流れ出た。

「おのれ……」

苦痛に頬を歪めた髭面の浪人は、そのまま突っ走って逃げた。桃香が追おうとしたが、

「手下が追っておる。それより……」

と振り返ったのは、犬山勘兵衛であった。大岡越前の元内与力で、桃香のことを密かに見守っている浪人である。

犬山はすぐに、溝の所で屈するように座ったままの菊丸に駆け寄った。

「大事はないか」

「――あ、はい……」

「血が出ておる。傷を見せてみよ」

声をかけた犬山を警戒して、胸を押さえる菊丸に、桃香が優しく声をかけた。

「この御方は、南町奉行・大岡様の腹心の方です。心配はいりません」

「え……大岡越前様の……！」

言いながら、桃香を見やって。

「町奉行や江戸で一番の岡っ引をご存じのあなたは一体、どういう……」

と首を傾げたが、切り裂かれた着物の襟がハラリと垂れると、はだけた着物の間から、胸の膨らみが見えた。

「え……？」

菊丸は思わず襟元を正したが、犬山も意外なことに目を丸めて、

「おまえも、女だったのか……!?」

「――おまえも……」

「いや。なんでもない。とにかく、ここではなんだ。奉行所はすぐそこだ。さあ参れ」

犬山は桃香にも手を貸せと言いながら、菊丸を抱きかかえた。

五

南奉行所の詮議所控え室に、ふたりは通された。簡単な着替えをした菊丸の前には、犬山と桃香が、複雑な思いで座っている。

「どうも、女は苦手でな……どうして、男の格好などをしているのだ」

犬山は困ったように頭を搔きながら、チラリと桃香を一瞥してから、菊丸に訊いた。

キッとした目つきで顔を上げた菊丸は、憤然となって、

「格好だけではありませぬ。私は……私は身も心も男なのです」

「男と言われてもなあ……見たものなあ」

さらに困惑気味になる犬山に、きちんと正座をし直して、

「刀鍛冶はご存じのとおり、神聖な仕事で、女は鍛冶場に入ることすら許されておりませぬ」

「分かっておる」

「それゆえ、父は、ひとり娘の私を男として育てたのです」

何処かで聞いたような話だな……と冗談半分に言いかけた。が、桃香が初めて見せる真剣なまなざしゆえ、さしもの犬山も言葉を濁し、気の毒そうな顔になった。

「刀を奪われる覚えはないのかな」

「紋三親分にも話したとおり、まったく身に覚えは……」

と言いかけて、

「そういえば……旅の途中で一度だけ……川留めにあった大井川の宿で……」

何者かに襲われかかったことがあった。今し方の髭面の浪人たちではないが、刀を奪い取られそうになったという。宿の逗留客を狙った盗っ人に過ぎなかったが、一文字菊丸であることを知っていて、

――妖刀は金になるから、寄越せ。

と脅されたというのだ。

だが、その時は、取るに足らぬ相手で、菊丸ひとりでも追っ払えるような相手だった。しかし、その後、別の宿場で、三河吉田藩の藩士と名乗る侍が数人が押しかけてきて、

「その刀を譲って貰えぬか……と言われました。三河吉田藩になら、二年前に奉

納しておりますし、これは讃岐綾歌藩に渡すものだからと断りました」

「なぜ、三河吉田藩の者たちが……」

「分かりません。ですが、もしかしたら盗っ人を使ってまで、奪おうとしたのは、三河吉田藩の人たちか……と勘繰りました」

「ふむ……色々と事情があるようだが、一筋縄ではいきそうにないな。事件も、恋の行方も……なあ、桃香」

犬山がまたからかったように言うと、菊丸は少し戸惑った顔になった。

「菊丸殿……この桃香は、どうやら、おまえさんに惚れたようだが、相手が女だったので、ガックリときてるのではないかな」

「私に、惚れた……？」

意外なことを言われて、菊丸も戸惑った。

「申し訳ありません……騙すつもりはなかったのです……」

「いいえ……そういうことなら、お気持ち痛いほどに察します……」

桃香が同情の目になると、犬山は苦笑を漏らして、

「であろうなあ」

と思わず言ってしまった。が、桃香は平然と菊丸を見つめて、

「――本当に同情申し上げます。でも、あなたの男前ぶり、本物だと思いました。そこまで、男として生きる覚悟をして、先祖伝来の伝統を守り、受け継ごうとしている。その姿勢に私……女ながら感心致します」

「ありがとうございます」

菊丸は申し訳なさそうに言ったが、桃香は少しはにかんで、

「勘違いとはいえ、今日はとても楽しかった。あなたほどではないけれど、私も窮屈(きゅうくつ)な思いをしてるので」

「何処か良い所のお姫(ひい)様ですか……だって、こんな腕利きの用心棒がいらっしゃるんですもの」

「ええ、まあ……そういうところで」

桃香は犬山に目配せをして、

「でも、本当に私、あなた様に心を奪われていたのですよ。でも、一緒にいても、何処(どこ)か上の空というか、遠い所を見つめている気がしていました」

「……」

「刀を奪われて案じていたのもあるのでしょうけれど、何というか……他に誰か好きな人がいるのかと思ってました」

さりげなく桃香は訊いたつもりだが、菊丸の方は真剣な顔つきになった。

「ええ……好きな人がいます……もう、ずっと昔から……でも、絶対に添い遂げられる相手ではありません。でも……」

「でも……？」

「私が作った刀を奉納した暁には、この身が女であることを明かし、正直に告白をしようと思っておりました」

「そうなの？　そのお相手は……」

菊丸は意を決したように、

「讃岐綾歌藩の若君です……桃太郎君です」

とハッキリと言った。

「ええ、え……!?」

素(す)っ頓狂(とんきょう)な声を上げた桃香は、その場で転がりそうになった。

犬山もそれには驚いて、言葉を失った。

「なんとも……これでは、お互い様というか、お相子(あいこ)というか……」

もちろん、ふたりに聞こえないように呟(つぶや)いただけだが、菊丸は目の前の桃香が、惚れた相手だということに気付いていない。桃香は困り果てた顔をしていたが、同じような境遇であることを、話して良いのかどうか、迷っているようだった。

だが、桃香の思いとは裏腹に、菊丸は刀が奪われたのは幸いだったと言った。

理由は、刀をすんなり奉納していれば、下手に告白をして、無惨な思いをするだけだったかもしれない。そう感じていたからだ。

「――此度の事件は、香取明神を火事にしてしまうほど、大変なことになってしまいましたが……不幸中の幸いかもしれません」

「不幸中の幸い……」

桃香が聞き返すと、菊丸はしっかりと頷いた。

「はい。もし、すんなり綾歌藩の若君にお届けしていたら、その場で自分の恥を晒し、その上、若君に嫌な思いをさせ、ご先祖や父上の誇りを傷つけることになりました」

「どうして、そんな……」

「幼い頃から、私は骨の髄まで叩き込まれました……おまえは男だ。ただひとりの一文字菊丸の跡継ぎだと」

菊丸は遠い目になって、切々と語った。

カンカンと鉄を打つ音が子守歌で、溶鉄が水に浸されてジュッとなる音や焼けた臭いの中で育った。物心ついた頃には鉄槌の使い方を体が覚えた。

長じるに従って、真っ赤に燃え盛る炉の側で、父とふたりで重い金槌で叩き打つ毎日だった。涙を流しても焼ける鉄の熱気で、すぐに乾いてしまうほどだった。十歳の頃には、すっかり鍛冶の力量を身につけていた。

「修業は苦しく、私は何度も逃げようとしました。でも……やり抜きました。おまえは男だ。生涯、一文字菊丸でなければならぬのだという父上の思いを胸に……」

ふうっと溜息をついた菊丸は、悲しい目から怒りの目になって、

「ところが一年程前、備前のある小藩で……父上の刀が事件を起こしました。父上の刀を買ったお侍さんが乱心して、家来（けらい）や家族を訳もなく、滅多斬りにしてしまったのです」

「なんと……」

犬山も背筋が震えるほどだった。

「それだけなら乱心だけですみました。でも、半年後、今度は刀を奉納している三河吉田藩の城下でも……その奉納刀をなぜか、余所者（よそ）の浪人が手にして、三河吉田藩の有能な重臣たちを次々と殺したのです」

夜道、若い浪人が異様な形相になって、老臣を一太刀で斬ったのだ。若い浪人は三人もの重臣を殺した挙げ句、番方の家臣に追い詰められ斬り殺されたという。

「――それで、妖刀の烙印を押された……のですね」

深い悲しみの同情の思いで、桃香は菊丸の顔を見つめていた。

「父上は、自害をしました。妖刀の噂に対する、命を賭けた抗議……ということでした」

「でも、紋三親分はそんなことをする人ではないって言っていたのでしょ」

「私には……分かりません。父上は人には優しかったけれど、刀作りにかけてはひたむきで厳しい人でしたから」

「……」

「三河吉田藩の殿様は、父の刀を折って埋めたそうです。それでも、他の藩からは新しい刀の依頼があり、私は精魂込めて作り上げ、最初の刀は、桃太郎君に……父の信念を貫くつもりで打ちました」

じっと聞いていた桃香は、岡っ引根性が戻ったのか、

――何か妙だな。妖刀の噂にも、どこか大きな嘘がある。

と感じて、こう言った。

「一文字菊丸の刀は、乱心者が握って振り廻したからと言って、人を斬り殺すような刀ではないのです。実際、剣術修行の足りない者が斬っても、巻藁ですら切れない……まことの剣術使いのみが、鮮やかに斬ることができる。まさに名刀は使い手を選ぶのです」

「桃香さん……まるで見てきたようなことを……」

「え、あ、はい……聞きかじりです。小藩で起こった滅多斬りは、一文字菊丸が妖刀という噂を作るためではは。そして、一刀両断に藩の重臣を斬った浪人は……ただの乱心者ではないかもしれないわね」

完全に女岡っ引の顔になってきた。それに引きずられるように、菊丸も前にのめりになって聞き返した。

「まさか、浪人者は父上の刀を利用して人を殺し、妖刀のせいにした……とでも？」

「かもしれない。だとしたら、盗まれたあなたの刀のことも気になる。もしかして、また一文字菊丸のせいにして、人殺しを企んでいるのかも！」

真剣なまなざしで言う桃香を、菊丸は打ち震えながら見つめていた。

「それが事実なら許せない。私は……私は命に代えてでも……」

「ここから先は、それこそお上に任せることね。紋三親分も親友の汚名返上のためなら、全力を尽くすはず。私も頑張る。実は、親分から十手を預かってるし……」

「預かってるし……？」

「あなたのことが正真正銘、好きになっちゃったから。男だろうと女だろうと」

桃香がそう言うと、菊丸は懐から守り袋を取り出して、そっと手に握らせた。

「ありがとう……これは私の家に代々続くお守りです」

「え……」

「これを差し上げます」

「こんな大切なもの、貰えません」

「いいえ。桃太郎君に差し上げようと思っていたものなのですが、代わりと言っては申し訳ないですが、あなたに災禍が及ばないように……そして、必ず悪い奴をお縄にして下さい。父の名誉を取り戻して下さい」

ぎゅっと握りしめる菊丸の手には、熱いほどの温もりがあった。

「はい。分かりました……あなたと私はきっと、姉妹のようになれますね」

桃香は手を握りかえして、しっかりと頷くのであった。

六

その夜――谷中にある三河吉田藩下屋敷の前に、紋三と門弟〝十八人衆〟の主立った者が、数人、張り込んでいた。

実は、一刻程前、犬山が単身、屋敷の中に入っていた。大岡越前の密偵ということで、下城してきた若年寄直々に、お話をしたいというのが表向きの理由だった。

下屋敷とは、江戸に置かれた妻子や家臣や下僕などが暮らしている所である。ここに殿様自身が来ることは珍しいが、愛でている側室を住まわせて、足繁く通ってくる藩主もいる。

若年寄首座という地位にある大河内刑部大輔は、通常は呉服橋門内の屋敷にいるものだが、よほどの重要な事態でもない限り、下屋敷まで来ていた。

今日がその日だったのだが……菊丸を襲った髭面の浪人が、この屋敷に逃げ込んだのを、手下たちが見届けていた。ゆえに、犬山自身はそのことを直に大河内刑部大輔に報せたかったのだ。

髭面の浪人が、一文字菊丸を盗んだ張本人であることも間違いない。しかも、菊丸の命まで狙った——となれば、吉田三河藩に異変ありと考えて当然であろう。大河内はまだ三十路になったばかり。青年の顔つきだが、八代将軍吉宗にもめでたく、大岡とも親しく交わっていた。犬山が元は内与力でありながら、市井にあって隠密活動をしていることも承知していた。それゆえ、突然の来訪にも招き入れたのだ。

軽く酒を酌み交わしながら、ふたりは話していた。

「うむ……香取明神が火事になり、一文字菊丸が盗まれた話ならば、聞いておる。だが、我が藩の者が盗んだとは、到底、考えられぬ……おぬしも知ってのとおり、我が御家にとっては、まさに災いをもたらした妖刀ゆえな」

訝しげに目を細めて、大河内は杞憂であろうと言った。しかし、犬山は髭面の浪人が、この屋敷に逃げ込んだことを話し、

「さようないかがわしい浪人が、若年寄様の屋敷に出入りしているだけでも、世間体がございましょう。ましてや、妖刀騒ぎに利用されては、御前の名折れでございます。大岡様もそれを心配しておいでです」

「しかし、髭面の家臣など、当家にはおらぬぞ」

大河内がそう言ったとき、犬山は気配を感じて、すぐ側の襖をサッと開けた。

そこには、数人の家臣が控えていた。

相手が誰であれ、藩主が密談をしているときは、イザというときのために隣室に控え、また何事か異変がないか守りながら、話を聞いているのは当然であった。

だが、大河内が睨みつけたのは、一番、後ろに控えている若い家臣だった。

「――そこもとのお名前は何と申します」

犬山が声をかけると、その家臣は、津村だと答えた。

「津村殿……そこもとが、髭面の浪人に扮していたのであろう」

「何のことでござる」

「袖で隠してはいるが、その腕の傷は俺が付けたものであろう……見せて下され。切っ先で、十文字に切ったはずだ。むろん、目印にするためにな」

「！……」

「どうです。見せられませぬか。拙者、大岡越前様の命を受けて、かつての妖刀騒ぎも調べていたのだが、追及できず、謎のまま終わってしまった。しかし、此度の一件は、いささか乱暴であったな」

犬山が迫るように言ったとき、グラリと体が崩れた。

「如何(どう)した、犬山……」

大河内が声をかけたが、犬山はなぜか床に倒れ伏して、苦しそうに胸を掻き毟(かきむし)った。そして、ゆるりと立ち上がると、床の間に飾られていた一振りに手を伸ばした。ガッと摑むなり、

「これこそが、七代目・一文字菊丸……うぬら……皆殺しにしてやろうぞ！」

と抜刀するなりブンと振り鳴らし、座敷で暴れ廻った。

「ふはは。まさしく妖刀だ。切れもよい。貴様ら！　揃(そろ)って成敗してくれるわ！」

常軌を逸した顔つきになって、犬山は刀を振り廻したが、足下がふらついている。それでも踏ん張りながら、家臣たちを蹴散らす勢いで豪剣を振るった。

「よせ、犬山、何の真似だッ」

腰を浮かせた大河内は逃げようとしたが、その前に犬山は立ちはだかり、大上段に構えた。そして、鋭い目になると、

――キエーイ！

と裂帛(れっぱく)の叫びで刀を振り下ろした。だが、手元が狂い、脇息(きょうそく)を真っ二つに割っただけであった。すぐさま家臣たちは身を挺(てい)して、座敷に躍り込んできて、大河

内を守った。

だが、犬山の並ならぬ腕前には抗しがたく、牽制しながら間合いを取っていた。

「斬れという声が聞こえる……ああ、藩主を斬れという声が……！　さっき飲んだ酒に、何か入れておったな……俺の気持ちを昂ぶらせる何かを……幻惑させる薬を……！」

自ら止めようとする意識と、抗しがたく暴れる力に葛藤するように、犬山は刀を振り廻した。すると、津村が声をかけた。

「そうだ。こいつは妖刀に操られているのだ……斬れ。邪魔な者はすべて斬れと、妖刀が叫んでいるに違いない」

朦朧とした犬山の目を見据えて、津村がそう言った。すると、犬山は素直に頷き、大河内の方へ向き直った。その鋭い太刀捌きで、家臣たちの刀を叩き落とし、突き飛ばした。切っ先や峰打ちで倒しながら、這いずって逃げようとする大河内を追いかけた。

「トウ！」

刀を叩き落としたが、また足下がふらついて、床の間の違い棚をバキッと叩き斬っただけであった。だが、犬山は不敵に笑い、

「さすがは妖刀・一文字菊丸。よう切れるわい。ガハハ」

と刀を構えたとき、騒ぎに気付いた他の家臣とともに現れたのは、江戸家老の稲垣主水亮（いながきもんどのすけ）であった。藩主よりも恰幅（かっぷく）がよく、威厳すらあった。

「何事かと思えば、妖刀が暴れておるのか。さっさと成敗致せ」

稲垣が声をかけると、ギラリと振り返った犬山は切っ先を向けた。そして、ズイと稲垣に歩み寄ると、

「現れおったな、妖怪！」

と声をかけた。ほとんど同時、鋭い太刀筋で稲垣の面前ギリギリのところに振り下ろした。ほんの一寸、刀が伸びていれば、脳天が割られていたであろう。

「ち、血迷うでない！　斬るのは、殿のほうじゃ！」

裂帛の声で叫んだ。

途端——犬山は目が覚めたように、切っ先を下ろし、

「語るに落ちたな、稲垣主水亮様よ」

とニンマリ笑いかけた。

「——なに……」

「どうやら津村を操っていたのは、おまえさんのようだな、稲垣……ご覧のとお

り、酒に仕込まれた薬は飲んでおらず、大芝居をして肩が凝ったわい」

啞然と見ている大河内とその家臣たちの前で、犬山は首の骨を鳴らしながら、少し伝法な口調に変わった。

「狙いは何か知らないが、妖刀などとは真っ赤な嘘。おまえたちが噂をわざわざ立てて、仕官でも匂わせて拾った侍に、妙な薬を飲ませて操ってたんだろうが」

「黙れ……」

「その裏で、キチンと自分にとって不都合な藩の重臣は闇討ちにした。違うかい！」

犬山の激しい怒声に、稲垣と津村は息を吞んだ。

「で、今度は、本丸のお殿様を、妖刀・一文字菊丸のせいにして殺す気だったのだな。一体、何のためにだい」

「……」

「言えぬであろうな。何かと藩主から疎んじられてるおまえは、江戸家老でいるのが物足らず、自分が殿様になりたかったのだろう？　殿様とは、従兄弟だからな。そのために、自分にとって邪魔な者たちを、妖刀のせいにして消してきたのだ」

すべてを承知していたように犬山が語ると、それに被せるように稲垣が笑った。

「ふはは……なんだ、おまえは。関わりもないくせに、よう知っておるのう」

「稲垣、おまえって奴は……！」

大河内が歯嚙（はが）みして立ち上がると、稲垣は居直って、

「おまえみたいな頭の悪いのが若年寄になるなんて、おかしいだろう。そんなバカ殿の下で働くのは嫌になったのだ」

「何故、そのような……」

「分からぬか。おまえには子がおらぬ。世継ぎと決まっているのは、儂（わし）の子じゃ……そこな犬山が言うとおり、妖刀の噂を使って、おまえに心酔している古狸たちは消したが、もう我慢できぬ……一日でも早く、儂の思うがままにしとうてな」

稲垣は朗々と語ると、刀を抜き払って大河内に向けた。すると中には、稲垣の命令に従う者たちもいて、他の家臣たちは半々に分かれて対峙（たいじ）した。

「ええ、不埒者（ふらちもの）めが！　稲垣、まさかおまえが獅子身中（しししんちゅう）の虫とは！」

大河内も当然、妖刀の仕業（しわざ）に見せかけた〝謀反（むほん）〟であることは勘づいていたが、燻（いぶ）り出されたのが血縁のある家老とは、信じがたかった。だが、目の前の現実に

落胆するのではなく、己の不明を恥じていた。

「いっそのこと、妖刀のせいにして、稲垣……おまえを斬るとするか」

犬山がそう言った次の瞬間、稲垣の脳天に一文字菊丸が振り下ろされた。

七

数日後の昼下がり、讃岐綾歌藩上屋敷には、再び、菊丸の姿があった。

一文字菊丸の銘が入った献上刀を持参し、上座に現れる桃太郎君を待っていた。

家臣たちが両側に居並び、筆頭席には当然、城之内の姿もある。一同、いつもと違う面持ちで、若君の登壇を待っていた。

城之内はもちろんのこと、家臣たちは誰ひとり、菊丸が女であることは知らない。ゆえに、菊丸自身も緊張していた。

しばらくして——。

禿を率いて入ってきた桃太郎君が、上座に座すると、家臣一党は平伏をした。

「一同、面を上げい」

威厳に満ちた桃太郎君の声に、家臣たちが顔を上げると、最後に菊丸もゆっくりと頭を上げて、しっかりと目を向けた。

まずは城之内が、今般の仕儀について話し、盗難にあったことや火事に見舞われたことなどの災厄や邪気を払う儀式を、下総国の香取神宮の本宮にまで詣って執り行ったことを告げた。

「みな御苦労であった……一文字菊丸、そなたも大変な目に遭うたそうじゃのう」

「はい。あ、いえ……若君には、ご迷惑をおかけし、合わせる顔もございません」

もう一度、平伏した菊丸に、桃太郎君は優しく声をかけた。

「よいよい。そなたも刀も無事だったのだから、謝ることではない。余も稀代の名刀を拝するのを楽しみにしておった」

「畏れ多い、お言葉……」

「そなたが精魂傾けて鍛えし業物。末代までの家宝と致そう」

「ますますもって、恐縮至極に存じまする。もったいのうございます」

菊丸は顔を上げないまま、お礼の言葉を述べた。

「ときに、この天下の宝刀にて、三河吉田藩の妖怪を退治したと聞いた。若年寄の大河内刑部大輔様も、痛く感銘していたとか。すべて、そなたのお陰じゃ」

桃太郎君が言うと、頭を上げた菊丸は首を振りながら、

「とんでもございませぬ。私は何もしておりませぬ。あれは南町奉行の大岡越前様、その元内与力の犬山勘兵衛様、紋三親分と子分衆、そして桃香という町娘たちによって、事件が解決されたのでございます」

「さようか……」

「はい。お礼を言うのでしたら、大岡様たちでございましょう」

殊勝な顔つきで、菊丸は述べると、桃太郎君が聞き返した。

「そなたは何もしておらぬと？」

「江戸に来たのは久しぶりでございます。けれど出会った方々は優しく接してくれ、良くしてくれました。実は、三河吉田藩であった妖刀騒ぎのことも、大岡様がかねてより探索して下さっており、解決に繋がったのです」

「だが、そなたも命を狙われた……妖刀のせいにするには、そなたにおられてはまずいと思われたらしいのう」

「――そうなのですか……？」

菊丸が桃太郎君を見上げて、少し首を傾げた。

「うむ。そなたも既に、紋三とやらに聞いておるやもしれぬが、三河吉田藩の家老は病死と相成った。犬山殿が峰打ちをして、その手下の津村共々、屋敷の表に裸で放り出すと、紋三たちがお縄にしたというではないか」

「はい……」

「捕らえられたそのふたりは、他の浪人、火事を仕組んで刀を盗んだ頰被りの男たちとともに、盗っ人一味として処刑された」

「盗っ人一味として……」

「さよう。三河吉田藩の江戸家老が、事もあろうに妖刀のせいにして、藩主殺しを狙っていたなんぞと世間に知れては、それこそまずいことゆえな……そなたも内緒だぞ」

「……」

「人には、人に言えぬ秘密が、ひとつやふたつあるものだ。ましてや御家大事となれば、尚更のこと……よいかな」

「承知致しました。妖刀騒ぎは収まりましたので、私はそれで充分でございます」

もう一度、深々と礼をしてから、拝納する刀を差し出した。城之内がそれを受け取ろうとすると、桃太郎君が声をかけた。

「構わぬ。直に、余に渡してくれ」

「えっ……さような、ご無礼はできませぬ」

菊丸は遠慮したが、桃太郎君はもう一度、「苦しゅうない」と誘った。恐縮しながらも、菊丸は桃太郎君に擦り寄って、緊張の面持ちで刀を直に手渡した。

その際、わざと桃太郎君は、菊丸の手に触れた。肌触りを感じた菊丸は、上目遣いで桃太郎君を見た。

一瞬、ふたりは目と目を交わした。

胸の高鳴りを抑えるように、菊丸は素早く引き下がって、

「ご無礼仕りました」

と平伏した。

「そなたは謝ってばかりだな。礼を言うのは、余の方じゃ」

おもむろに鞘から刀を抜き、目の前に掲げて、じっくりと鑑賞するように眺めて、

「見事じゃ。まさに名刀」

溜息混じりに言いながら鞘に戻した。

秃がその刀を袖で受け取ると、直立させて傍らに控えた。

「御苦労であった、菊丸……これから、そなたとはきっと姉妹の……いや、兄弟のようになれるかのう」

と桃太郎君は声をかけた。

そして、脇差しの鍔の所に、さりげなく掛けてあったお守りを揺らした。

——あっ……。

菊丸はすべてを察した。

一瞬にして、家老も居並ぶ家臣たちも知らぬことだと、分かった。万感の思いで、桃太郎君を見上げると、目の奥に焼きつけるようにじっと見つめてから、深々と頭を下げる菊丸であった。

それから何日も、桃太郎君は屋敷から一歩も出ず、ぼんやりと過ごしていた。思いついたように、一文字菊丸の刀をしみじみと見ては、何をかぶつぶつと言っている。その姿が、城之内には異様に見えたので、

「まさか……やはり、我が家に災いをもたらす、妖刀なのではあるまいな」

と心配になった。

そのことを、久枝に伝えると、

「勝手に屋敷からいなくなれば心配ばかりするし、いればいたで文句ばかり……城之内様は、一体、若君に何を求めているので？」

「そりゃ、早く若年寄に……」

「まだお若いのですから、いきなりは無理でしょう。色々な務めをし、沢山のことを学んでからの方が、立派な政事を為すと思いますよ。今はまだまだ修業の身かと」

ひそひそとふたりが話していると、ふいに桃太郎君が廊下から現れた。

「なんだ、隠れるように……おまえたちは、そういう仲なのか」

「若君。いきなり、なんてことを」

城之内が誤魔化すように言うと、桃太郎君は溜息をついて、

「ふたりに話がある」

と神妙な面持ちで、休息の座敷に誘った。

久枝は嫌な予感がした。桃太郎君の着物を直すような仕草をしながら、

「なりませぬぞ、若君……たとえ江戸家老であろうと、そのことは……なりませぬ。国元のお父上からも、屹度、口止めされております。ましてや、城之内なん

ぞが知ったら、大騒ぎし始めるに違いありません」

　ぶつぶつと言った。

　もちろん、菊丸のことも、久枝は承知している。だから、自分もどうしたらよいのか、悩んでいた節があるのだ。が、御家の一大事ゆえ、秘密を押し通すのが、久枝の務めである。

「だから、ずっと若君の言うとおり、町場では娘にしてあげているではないですか。よいですか、絶対になりませぬぞ……」

　懸命に訴える久枝の態度を見て、城之内は胡散臭そうに、

「何をこそこそ言うておるのだ、久枝殿」

　と制してから、桃太郎君の前にどっしりと座った。

「――して、話とは……」

「うむ。余もそろそろ内緒にしているのが辛くなってな」

「何でございましょう」

　久枝は顰め面で睨んだが、桃太郎君は短い溜息をついてから、

「実は……」

「はい。実は……大丈夫でございます。私は何があっても驚きませぬ」

城之内が差し向けると、桃太郎君は勇気を貰ったように頷いて、

「もし、思うてもみないことが、我が身に起こったら、城之内なら何とする」

「我が身に……」

「さよう。たとえば……自分が最も大切にしていた人を失うとか、命より大事なものを壊されるとか……」

「それは悲しむでございましょうな。ですが、私も武士の端くれ。如何なることにも、動揺は致しませぬ」

「さすがだな。二度と戻らぬものに対して、いつまで嘆いておっては、先に進めぬものな。人生は長い」

「まあ、若君には長いでしょうが、私なんぞ老い先が見えておりますから……で、何をおっしゃりたいのです」

「うむ……」

桃太郎君は大きく深呼吸をすると、

「――実はな……」

言い換えると、横合いから久枝が、

「なりませぬ。絶対に、それを言うてはなりませぬ！」

と大声を上げた。

だが、桃太郎君は叱責するように久枝に、

「おまえは黙っておれ。これは余の問題じゃ。隠し続けるのは辛いッ。城之内！よく聞け。松の木を切った！」

「は……」

「おまえが一番、大事にしておった、あの大ぶりの五葉松だ。一文字菊丸を振って、試し斬りしていたら、切っ先が当たって、真っ二つになってしまった。許せ」

深く頭を下げた途端、城之内は慌てて立ち上がり、廊下を駆け降りて、中庭の奥に置いてある盆栽の群れの中に飛び込んだ。

「うおお……おおお、なんということ！」

絶叫して嘆き始めた城之内は、まるで大切な肉親を失ったような姿だった。

「――なんですか、みっともない……如何なることにも動揺しない？　嘘つき」

久枝はケタケタ笑いながらも、本当に申し訳なさそうに座っている桃太郎君の顔を見て、ほっと安堵(あんど)した。その久枝を見るなり、ニコリと微笑んだ桃太郎君は、

「さあ、今のうちに参りましょう」

「えっ……」

「たまには遠出もいいかもね。久枝もここのところ、ずっと屋敷の中で退屈でしたでしょ。さあさあ行きましょう、行きましょう」

軽やかに駆け出した桃太郎君を、久枝は少し叱責しながらも、嬉しそうに追いかけた。その向こうの中庭では、城之内が地べたに座り込み、絶望のどん底に落ちた声で、いつまでも嘆いていた。

第四話　淡雪の舟

一

矢切の渡しは、江戸川を挟んで、柴又と矢切を結ぶ。利根川水系にかかる十五の渡しのひとつである。

渡し舟の船頭・勇吉は、船着場脇にある一里塚石に腰掛けて、煙管を咥えていた。くゆらせた煙は川風に消えてしまう。

毎日眺めている川辺の風景には、この冬に来たつがいの鶴がいた。もう桜の花筏もすっかりなくなり、燕が飛んでくる時節なのに、遠く見える筑波山にはまだ残雪が多い。

「――もうすぐ日が暮れる。客もいねえし、戻るとするか」

ひとりごちた勇吉は、最後の煙草の煙を吸い込むと灰を川に流して、船縁に足をかけた。わずかに傾く舟はいつになく軽く、思わず仰け反りそうになった。

「けっ。様アねえや」

二月ほど前、酒の席で客とつまらない喧嘩をして、その際、足を怪我した。それから、踏ん張る感覚が悪くなり、ちょっとした段差でも用心深くなった。

船頭は腕の力よりも、足腰が勝負である。生来、喧嘩っ早いのが玉に瑕だったが、相手が五人も六人もいれば、酷い目に遭うのは覚悟の上だが、

――もう少し若けりゃ、あんな手合いは三つ数えるうちに、ぶっ倒してたのになあ。

と感慨に耽った。

三十も半ばを過ぎれば、毎日、力仕事をしているとはいえ、若い時ほど体は動かないものだなとも実感していた。

渡し舟は日が落ちると動かしてはならない。これは中川船番所を通る荷物を載せた川舟も同じである。夜釣りの漁や花火を見る屋形船などは特別だが、夜の曳航は禁止されている。

「さて行くか……よいとこらしょ」

笠を被って、気合いを入れて櫓を握ったときである。

「お待ち下さいませ。どうか、お待ち下さいませ」

という女の声が聞こえた。

船着場から少し離れた土手に、待ち合いを兼ねた葦簀張りの茶店がある。その暖簾もすでに仕舞われていたが、薄暮の中に旅姿の女が浮かんだ。

上品そうな〝道行〟を着て、手っ甲脚絆も一際白く見えた。少し息を荒らげて近づいてくる足取りは、今にも倒れそうに見えた。急いで長旅をしてきたのであろうことは、勇吉には一目で分かった。

「へえ。大丈夫ですよ。船着場の手前は、段差になってやすから、お気を付けて」

勇吉が声をかけると、女は首を傾けるように頷いて、近づいてきた。

「申し訳ございません……助かります……」

丁寧にお辞儀をしながら、勇吉が足で踏ん張った舳先から、女は乗ろうとした。その道中杖を預かり、手を伸ばして乗せてやった。

氷のように冷たい手だった。

だが、仄かに水仙の香りがした。水仙は春の訪れをいち早く知らせる、めでたい花である。松竹梅とともに、新春の縁起物だ。その豊かな甘い香りは、勇吉を幻惑した。

「どうぞ。ゆっくり、お座り下せえ」

体を支えながら、舟の行く手に向くように座らせた。

「ありがとうございます」

俯(うつむ)き加減で腰を下ろした女の顔を見て、勇吉はエッという目になった。遠目に見たよりも年増(としま)ではあるが、美しい面立ちを目の当たりにして、信じられないという表情になった。が、すぐに艫(とも)に戻って櫓を握り直した。

「風が出てきたので、少し揺れやす。しっかり摑(つか)まってて下さいよ」

ゆっくりと勇吉は櫓を動かし、渡し舟を漕ぎ出した。

先刻から、少し霙(みぞれ)交じりの風が吹いていたが、薄暮になったせいか、淡い雪に変わった。音もなく船頭笠に落ちてくる雪は水っぽくて、すぐに溶けて消えた。

勇吉は櫓から離れて、慎重に舳先の方へ進んで、そっと女に合羽(かっぱ)を被せてやった。

「三度笠もありやすんで、雪避(よ)けに……」

訥々(とつとつ)と言ってから、また艫に戻って、櫓を漕ぎ続けた。

雪景色が波音まで閉じこめたように、静寂に包まれている。不思議と櫓の軋(きし)む音すらしない。勇吉はそう感じていた。

思いがけぬ淡雪ながら、行く手を遮るほど重く降り続け、まるで幕ができたかのようであった。女の客は不安かもしれないと、勇吉は声をかけた。

「大丈夫でやんすよ。通い慣れた渡しなので、ご安心下せえ」

それには何も答えない女だったが、しばらくすると、

「こんな雪だらけの所で育ったんですよね、私……見飽きるくらい雪だらけの……」

女はポツリと囁くように言った。

勇吉もしばらく答えなかったが、ペチャと雪が顔に張りついたとき、

「あっしも雪だらけの村でね……常陸の御前山って小さな村で」

と言った。

すると、女はすぐに振り返って、驚いた顔になった。その面立ちを見て、勇吉は小さく頭を下げると、

「里村の一膳飯屋にいた美代ちゃんだろ」

と訊いた。

益々、驚いた美代と呼ばれた女は、ゆっくりと体ごと、艫の方に向き直った。

「──私のことを……？」

「この舟に乗ったときから、あっしは気付いてやしたよ」

「そうなの……ごめんなさい。どなただったかしら」

「御前山村の庄屋の倅で、勇吉ってもんです」

「え……ええ!? 勇吉ちゃん!」

信じられないという顔で、さらに艫の方に近づいてきた。

「覚えてくれてやしたか……」

「何を言うの。覚えてるもなにも、あんなに一緒に遊んでくれたじゃない。なんで、すぐに言ってくれないのですか」

「いや……相変わらず別嬪さんだなと思って、名乗りそびれて……」

「ほんとに、ほんとに勇吉ちゃん……勇吉ちゃんなのね……ああ、たしかに面影がある。ガッチリした体つきも」

美代はなぜか感極まった声で、まるで長年、生き別れになっていた肉親に邂逅したかのように、抱きしめんばかりの顔になった。

長年、離ればなれになっていたのは事実である。かれこれ、二十年になろうか。

勇吉の生まれ育った御前山村は、米の作付けできる田は少なく、粟や稗などの雑穀も育てていた。猪狩りや野鳥捕りをしなければ、村人が飢えを凌げないような貧しい所だった。だから、庄屋の息子といっても、ひもじい思いをして育った。

それでも里村は、宿場外れながら、茶店や飯や木賃宿など、旅人が休む所があり、わずかな戸数ながら町らしい賑わいはあった。年に一度の、村祭りや正月の獅子舞(しし まい)、農村歌舞伎などの楽しみもあった。

だが、冬場の多くは雪に覆われ、半日村と言われるほど、陽射しのある昼間も短く、子供心にも、寂しいと思っていた。

美代は元々、里村の人間ではない。

元は水戸城下の方で、木材や炭を扱う結構な商売をしていたそうだが、父の死や借金などの不幸が重なって、美代は母親とふたりだけで、逃げるように里村に来たのだ。

まだ十歳くらいの頃だが、見たこともない美しい少女が来たと、村中の評判になった。幼いながら、男の子たちはヤンヤの大騒ぎで、まさに掃き溜めに鶴だった。

母親は一膳飯屋で雇われていただけだが、それでも生きていける糧になるので、あかぎれやしもやけに堪えながら、懸命に働いていた。美代も朝から晩まで、手伝いをして、看板の〝小町娘〟となった。

庄屋をしていた勇吉の家は、村の子供たちが集まる寺子屋のような場所だった。当時の庄屋というのは、かなりの知識人で、学問をしていたのである。だから、貧しさから脱却するためには、読み書き算盤(そろばん)が必要だと、教えていたのだ。

勇吉の家のすぐ裏手が神社で、那珂川(なかがわ)の河原も近かったので、よくみんなで集まって遊んでいた。何気ない毎日だったが、幼馴染みたちとの思い出が詰まっていた。

「勇吉ちゃん……」

「美代ちゃん……」

ふたりは再会したのを確かめ合うように、名前を呼び合った。何も語らずとも思い出が蘇り、ふたりの間には一瞬にして、何の隔たりもなくなったのである。

「――でも……美代ちゃんが里村からいなくなった時は、あっしだけではなく、村のガキどもは、みんな悲しんだよ……本当に急なことだったもんな」

十五の頃だった。

「おっ母さんが病に倒れ……遠い親戚の人が迎えに来て、何処(どこ)か分からないけど、連れてかれて……みんなで村はずれの笠地蔵の所まで、見送りに行ったよ」

「よく覚えてますよ。その日も、丁度、こんな雪が降ってましたねえ」

「美代ちゃん、綺麗だから、女衒に売られたんじゃないかとか、江戸の吉原の遊郭に行ったんじゃないかとか……大人たちは好き勝手なことを話してたけど、風の噂に、江戸の大店の嫁に入ったと聞いてよ。あっしら、みんな大喜びしたんだ」

「はい……」

「それは、どうやら本当のことのようですね。ああ、良かった良かった」

勇吉は自分のことのように喜び、心なしか櫓を漕ぐのも軽やかだった。

懐かしい昔話を沢山しているうちに、対岸の船着場が見えてきた。すっかり暗くなったが、番小屋の篝火が見える。淡雪は相変わらず落ちているが、寒さなんぞ吹っ飛んでしまったと感じていた。

今回は、水戸城下に住んでいた母親の葬儀に行った帰りだという。病に倒れてから、母親も里村からいなくなったが、あれから二十年、生きていたということに、勇吉は驚いた。

「――勇吉ちゃん……ちょっと舟を止めて下さいますか」

「え……？」

「もう少し、こうして話していたいんです」

「そりゃ、あっしも嬉しいけどよ」

「勇吉ちゃんも、私なんかより、ずっと苦労したんだなあって……」

「まあ、な……」

「御前山村の一部は山津波でなくなって、だから庄屋さんちも……って、旅の人から聞いたことがあるんです。それで……？」

「知ってのとおり喧嘩（けんか）好きだから、そりゃ色々あったけれど、美代ちゃんが面白がるような話じゃねえし……それより、話ができるなら、向こうの船着場でも……」

「そうしたいんだけど、迎えの者が来てると思うから……」

「そうだよな。ああ、そうだよな……」

勇吉は何か言い損ねた気がして、嫁ぎ先だけは聞いておきたいと思った。美代は素直に頷（うなず）いて答えてくれた。十三になる息子がひとりいることも教えてくれた。

「生まれるのが少し遅くてね。難しい年頃だけど、母親思いのとても良い子なのよ……勇吉ちゃんには？」

「十六になる娘が……でも、なんだかんだあって、かみさんとは離縁したし」

「そうなのね……店は、門前仲町（もんぜんなかちょう）にある炭問屋『但馬屋（たじまや）』……と言えばすぐに分かると思います。でも……」

「でも……」

「夫も姑も厳しい人なので……」

訪ねて来られては困るというような表情になった。勇吉は少し寂しい気がしたが、

「分かってるよ。でも、同じ江戸の空の下で、美代ちゃんが暮らしてると思うだけで、あっしは嬉しいよ」

「――勇吉ちゃん……もう、あっしだなんて言わないで。昔のように俺、私のことだって、おまえって呼び捨ててたでしょ」

「ああ……気が向いたら、矢切の渡しに来てくれ。俺はずっとここにいるから」

「いつでも帰って来いよ。俺はずっとここにいるから……私を見送ってくれたときも、そう言ってくれたのに、違う所にいるじゃないの……勇吉ちゃんたら」

微笑み返した美代の顔は、天女のようだった。すっかり年増になっているはずなのに、勇吉には美しく輝いていた。

だが、どこかに寂しさがある。本当に幸せなのかどうか、勇吉には量りかねた。

しばらく、舟を止めたまま、寒い中で話を続けたが、対岸に辿り着いてからは、

訪ねて来ることはなかった。

二

深川養生所医師、藪坂清堂は、〝儒医〟として名を馳せていながら、貧しい人々を救うために自ら金を出して、富岡八幡宮の裏手で医療に励んでいた。

〝儒医〟とは、言葉の示すとおり、儒学者としても知られた者で、医は仁術なりを実践していた高徳な医者のことだ。

今日も、深川養生所には、病に弱い老人や子供らが押し寄せていた。すっかり桜が散った時節でありながら、上州の空っ風が江戸まで吹きすさんでいた。そのせいで、風邪が大流行なのである。

そんな患者らの間を縫うように、お志津という若い娘がせっせと働いていた。爽やかな笑顔で、動きも軽やかである。

「今年はなぜか、まだまだ寒いんだから、ちゃんと厚着して寝て下さいね」

「いつもいつも、お世話になりますわい」

老婆が薬袋を受け取りながら、お志津に深々と頭を下げた。

「ごめんね。近頃は薬やお米、油から蠟燭や、炭まで……何でも高くなって、充分に暖も取れなくて」

「何をおっしゃる。何より、お志津ちゃんの笑顔が一番の薬じゃて」

老婆の声に他の患者たちも賛同して、まるで観音様のようだと誉め称えた。照れ笑いしながらも、お志津は老婆たちの肩や手を揉みほぐしたりして、

「誉めたって、薬代は治療は安くなりませんからね」

と言うと、診察室から清堂の声が飛んできた。

「余計な心配は無用だ、お志津。薬代は金持ちから取ればいい。ふはは」

豪気に笑う清堂の声に、お志津も患者たちも和んだ。

診療が終わり、日が暮れても、お志津は清堂の往診に伴ったり、養生所には来られないほど身動きが取れない患者のもとに駆けつけ、何くれとなく面倒を見ている。傍から見ていても、甲斐甲斐しくて労りたくなるほどだった。

その日——。

ある長屋に立ち寄った帰り道、人が呻く声がして路地を覗き込むと、ふたりの男が揉み合っていた。屈強な男が痩せた男に馬乗りになって、胸に匕首を刺した直後のようだった。痩せた方は商人風である。

「!?——」

まずいものを見てしまったと、お志津は硬直したが、息を呑んで声にもならず、その場に棒立ちになった。

体躯の良い男は振り返った。だが、暗がりのため、相手からはよく顔が見えないのか、お志津には気付かない様子だ。男は匕首を抜き取ると、路地の向こうへ逃げた。

「——まさか……」

へなへなと腰が砕けて地面に座り込んだとき、背後から声がかかった。

「どうした、娘さん……」

ドキンと振り返ったお志津が目にしたのは、紋三親分であった。一緒にいるのは、子分の神楽の猿吉である。

「おや。清堂先生のところのお志津じゃねえか。どうしたんだい、こんな所で」

お志津は安堵したと同時に、再び恐怖が蘇って指差した。路地の中に仰向けに痩せた男が倒れている。

すぐに駆け寄った紋三は抱え上げたが、すでに事切れていた。

「殺されたばかりのようだな。誰かが刺したところを見たのかい、お志津ちゃん」

紋三が言うと、猿吉はお志津を支えながらも、

「返り血を浴びてねえから、おまえが殺ったんじゃなさそうだな」

「バカやろう。お志津がそんなことをするか」

「分かってますよ。確認しただけです。なあ、お志津ちゃん。怖かったろう」

猿吉は殊更、心配しているように軽く背中を叩いてから、死体を覗き込んで、

「あっ。この人は、門前仲町の『但馬屋』の番頭さんじゃないか？」

「なに、『但馬屋』……炭問屋のか」

「安兵衛さんに間違いないです。つい先日も、ちょいとした用で会いましたんで」

「ちょいとした用……」

「ほら、今、炭や油が高いでやしょ。桜が散ったってえのに、地面から湧き上がってくるような寒さで……だから炭や油が高くなって、それで小売りと揉め事がありやしてね。あっしが仲介に入ったんです」

「そうかい……」

紋三は頷いて、お志津を振り返り、

「下手人を見たのかい」

と訊くと、怯えたように後退りした。紋三は怖がることはないと慰め、どのような奴だったか、もう一度訊いた。

すると、お志津は意を決したように言った。

「はい。見ました……」

「どんな顔だった」

「知っている人です。名前は分かりませんが、時々、うちの養生所に来て、あれこれ文句をつける人です」

「清堂先生の所に？」

「はい。でも、先生はあの調子ですから、怒鳴って追い返したりしてますが……とてもタチの悪い人です」

お志津はキチンと答えたが、怖いのか俯き加減だった。

「だったら、話が早いじゃねえですか。ねえ、親分」

軽い調子で猿吉は言ったが、紋三はお志津のことを配慮して、

「そんなにペチャクチャ喋るんじゃねえぜ、猿吉……もし、お志津に見られたことを、そいつが知ったら、何をしでかすか分からねえ。それは内緒にして、取り

調べは慎重にな」

と諭した。


お志津が見たという男は、猪吉という、地廻りのならず者同然の男だった。

元々は火消しの鳶だったのだが、賭け事に興じて身を持ち崩し、今ではヤクザの使いっ走りをしていた。虎の威を借る狐のように、強請たかりが生業みたいなものだった。

表向きは、『よろず相談請負』と称して、揉め事があったときに間に入って、それを片付けて手間賃を取る輩だ。

時折、深川養生所に出向いて来るのも、

「薬を飲んだが治らない」

「医者の見立て間違いで、余計悪くなった」

「妙な施術をしたから死んだ」

などと因縁をつけるためだ。金を巻き上げようという魂胆で、色々な大店や旅籠、料理屋などにも、似たような文句ばかりつけていた。タチの悪さは誰もが承知している男だった。

翌日すぐに――。

紋三が〝鞘番所〟にしょっ引いて来て、取り調べたが、猪吉は知らぬ存ぜぬを通した。

名前のとおり、体は厳つく、力なら紋三も負けるかもしれぬ。人相は強面、態度も大きく、野太い声だから、これで脅されれば、大概の者は言うことを聞くだろう。

「殺してない……だが、おまえが殺ったというのを見た者がいるんだ」

問い詰める紋三に、猪吉は薄笑いを浮かべながら、

「へえ。そいつは何処のどなたさんで。ここに連れて来て貰いたいですねえ」

「心配しなくとも、目張りをしてる何処かから、おまえの顔を見ている。『但馬屋』の番頭、安兵衛とは、以前より色々と揉めていたそうじゃねえか」

「知らねえなあ」

「おまえが逃げた直後、俺も、手下の猿吉とともに、そこを通りかかったんだ。仙台堀川沿いの伊勢崎町の路地だ」

「仙台堀川……伊勢崎？　ふん。そんな所には行ってやせんよ」

「だが、おまえに間違いないと、その場を見た者が証言しておる」

「だから、何処の誰なんだ。そんな出鱈目を言う奴は。ハハン……紋三親分、俺をハメて、どうにかしようってんですかい？　そんなことをしたら、江戸市中の岡っ引元締め、大親分の名折れですぜ」

「……」

「そりゃ俺だってね、てめえが町の嫌われ者だってことくれえ百も承知してまさ。けど、人殺しくれえ割りの合わねえものはないことも知ってる。俺は人を生かしておいて、吸い取る……とでも言いましょうかねえ」

「なるほど。では、強請たかりをしているってのは認めるのだな。それだけでも、充分、三尺高い所へ晒せるぜ」

紋三も脅しをかましたが、猪吉は相当、性根が据わっているか、尻持ちをしてくれる後ろ盾に自信があるのであろう。少しも弱気を見せずに、「俺がやったのなら証拠を見せろ」と居直った。

「俺が人を刺したってえ刃物は何処にあるんだい。そもそも俺は、腕っ節が強えから、刃物なんざ使わねえんだよ」

「知らぬ奴がいたんじゃねえんだ。おまえの顔を、何度も拝んでる者が見たんだ。よく着ている縞の着物も、その顔も体つきも、間違いないとな」

「だから、知らねえよ」

「昨夜のことなのに、もう忘れたのか」

「ちょ、ちょっと待ってよ……昨夜のことかい、そりゃ」

「ああ、そうだ」

「なんだい。それを先に言ってくれよ」

猪吉は安堵したように溜息をつき、すぐに人を舐めるような顔つきになって、

「昨夜なら、俺は神田明神下の『佐和』って小料理屋にいたよ。女将とはもう三年来の懇ろな付き合いでな……一晩中いたんだよ」

「親兄弟や女房の証言じゃ、信憑性に欠けるんだ。庇うのが当たり前なんでな」

「他人だよ。ただの情婦だ」

「尚更、信用できねえ」

「ふざけんな！　てめえ、どうでも俺を人殺しにしてえのか！」

ヤクザの地金丸出しで怒鳴ったとき、扉が開いて、町娘姿の桃香が入ってきた。

「その人は、殺してませんよ……たしかに『佐和』という小料理屋に一晩中、おりました。私、ずっとその対面の商家の二階から、見てましたので。出てきたのは今日の昼頃」

「――桃香……なんで、おまえが？」

紋三が不思議そうに言うと、桃香はニコリと微笑んで、

「親分から十手を貰い直してから、人殺しとか盗みだけじゃなくて、こういう輩をとっちめたいと思ったのです」

と十手を猪吉に向けて突き出した。

「人の弱味に付け込んで、丸裸にするような輩は絶対に許せませんから」

「しゃらくせえッ」

猪吉は唾棄するように言ったが、桃香はさらに微笑みかけ、

「でも、大丈夫。あなたは少なくとも、この殺しはしていない。女将さんとともに、私も証人になったげる」

「ねえちゃん。良いことを言ってくれる」

「でも、誰かにやらせたということは考えられますよ。だって、炭問屋『但馬屋』の番頭さんと揉めてたのは事実だから」

思わぬ〝伏兵〟に、紋三は戸惑いを感じたが、すぐに解き放つにはまだ安心できなかった。お志津という目撃者がいる上は、殺しと関わっていないという確たる証が出るまで、〝鞘番所〟に留めておくことにした。

何度も猪吉は「ふざけるな」と騒いでいたが、紋三は強請たかりの咎でも充分と、鰻の寝床同然の牢部屋に入れたのだった。

三

炭問屋『但馬屋』は、深川養生所から目と鼻の先にあった。

主人の李左衛門は、四十絡みの生真面目そうな風貌の、いかにも遣り手の商人という雰囲気だが、穏やかなまなざしで、近所での評判も良かった。炭の高騰は続いているが、深川養生所にだけは、

——人々の助けになるから。

と、炭をほとんど只同然で分け与えているのである。

番頭の通夜ということで、店は閉めてあったが、商売柄か人の出入りは多かった。

「本当に突然のことで、皆様にはご迷惑をおかけして申し訳ありません」

李左衛門は焼香に訪れてきた人たちひとりひとりに、丁寧に挨拶をしていた。

その横には、白髪ながら上品に髪を結った喪服の老女がいて、同じように深々

と頭を下げている。李左衛門の母親の澄江(すみえ)である。年の割には凜として、代々の受け継いだ店を立派に切り盛りしている様子が覗われた。

店の奥には、やはり喪服の美代がいて、適宜、弔問客に対応していたが、どことなく気もそぞろであった。返礼品を客に手渡していたとき、花瓶を倒して献花を散らかしてしまった。

ガチャンという激しい音に、澄江は吃驚(びっくり)して振り返り、美代の所に来ると、

「まったくもう役立たずだねえ。こんな所にいたら目障りだから、奥にいなさい。せっかく来てくれた人にも迷惑です」

と突(つっ)っ慳貪(けんどん)に言った。しかも、人に聞こえるような声でである。

だが、訪ねてきた人のほとんどは顔見知りであるので、

——ああ、また叱られている。

という程度に聞き流し、見ない振りをしていた。

「申し訳ありません。お着物を濡(ぬ)らしてしまいました……」

美代は手拭いで来賓の裾(すそ)を拭こうとしたが、澄江は余計なことをするなと叱責し、下女を呼びつけて片付けさせた。

「まったく、こういう時にでも迷惑をかけるのかい。本当に困った嫁だよ。何年

も同じ事を言わせるんじゃないわよ。まったく」

苛ついた口調は傍(はた)で聞いている方が、気分が悪くなるほどだった。

「本当に、申し訳ありません……」

深々と謝って、美代は奥へ引っ込んだ。

そんな姿を――。

忌中の提灯明かりの向こうに、路地から見ていた男がいた。

船頭の勇吉である。

再会してから、たまに様子を窺いに来ることがあったが、いつも姑から悪口雑言を浴びせられていた。奉公人の前であろうと、客が側にいようと、通りがかりの者が吃驚するくらいの声で、なじられていた。いや、奉公人からでも、小馬鹿にされていた節がある。

それでも、じっと堪えている美代の姿を見て、勇吉は思わず助けに行こうかと思ったこともある。だが、『但馬屋』には、立派な大店なりの事情があるのかもしれぬから、踏みとどまっていた。

しかし、内部の事情を知っていそうな人から聞いても、特に美代に落ち度があるわけではない。貧しい身の出だというだけで、嫁いびりされているという噂を耳にした。

だが、今日の勇吉は胸にクサクサしたものが湧き起こり、今すぐにでも店で大暴れしたい気持ちになった。妻を庇ってやるべき夫の李左衛門までもが、クズ呼ばわりしていたからである。

——美代ちゃんも、元々は、水戸城下で、同じ炭問屋をしていたのだがな……。因果なものだなと、勇吉が思ったとき、ふいに背中に声がかかった。

「こんな所で何をしてるの」

振り返った勇吉の目に飛び込んできたのは、お志津の姿だった。

「なんだ……お志津か……脅かすねえ」

「脅かされるようなことをしたのですか……お父っつぁんは」

睨むように見るお志津に、勇吉は思わず顔を背けて、

「別に何もしてねえよ」

「ずっと見てたでしょ……綺麗なお内儀さんだものねえ」

「バカを言うねえ」

「どうして、こんな所で『但馬屋』さんを見てたの？」

「別に……通りがかっただけだ」

「ふうん。こんな大店と知り合いとは思えないけど」

「だから、ただの通りすがりだと言ったじゃねえか……そんなことより、おっ母さんは元気か……俺はもう何年も会ってねえが」

「私も知らないよ。いつもの癖で、お志津は鼻白んだ顔になって、話の矛先を変えると、どっかに男と逃げちゃった。ま、そのうち戻ってくるだろうけどね」

「そうか……」

「あんなおっ母さんなら、三行半叩きつけて良かったよ。娘の私ですら、そう思う」

「――産んでくれた母親の悪口は、言うもんじゃねえぜ」

「あ、そう。だったら、お父っつぁんも、私に父親らしいことのひとつやふたつ、して下さいな……いいえ、何もしなくていいから、私に迷惑だけはかけないでね」

　お志津の言葉の最後の方は、なぜか異様に強い口調になった。

「俺がいつ、おまえに迷惑をかけた」

「……」

「藪坂清堂先生のところで、しっかりと働いているのも知ってる。いつかは、おまえも医者になりてえんだろ。その時のために、俺は俺なりに金を貯めてるんだ」

「恩着せがましいことはしなくて結構。清堂先生には、ちゃんと面倒見て貰ってますから、ご心配なく」

キッパリと突き放すように言ってから、お志津は改まったように、

「ねえ、お父っつぁん……番頭の安兵衛さんは殺されたんだよ」

「らしいな……」

「お父っつぁんと番頭さんは、知り合いなの？」

「——いいや……おまえ、なんで、そんなことを訊くんだい」

ジロリと見る勇吉の顔を、お志津はじっと見つめ返して、

「ううん。なんでもない……だったら、さっきも言ったとおり、どうして『但馬屋』さんのことを気にしてるのかな、って」

「……」

「番頭さんは少し意地悪なところがあって、お内儀さんにも、姑さんと一緒になって悪く言ってたけれど、『但馬屋』さんは、うちの養生所にはよくしてくれて

る。みんないい人よ」

「みんな、いい人、かねえ……じゃ、おまえはあの内儀のことも知ってるのかい」

「あまり表に出てこないけどね……大人しい人だから、ちゃんと話したことはないけど……でも、どうして？」

「いや……別になんでもねえ……いいんだ。これで、いいんだ……」

　勇吉は頑張れよとお志津の背中を軽く叩くと、そのまま立ち去った。見送るお志津は何か声をかけようとしたが、真剣なまなざしになって、じっと見送っていた。

　——やっぱり、お父っつぁんは、あの内儀さんと何かあるのかな……。

と感じていた。

その前に人影が現れたと思ったら、伊藤洋三郎（いとうようざぶろう）だった。本所廻りの同心である。

「今のは誰でえ……」

「これは、伊藤の旦那……誰って、私の父親です」

「ああ、矢切の渡しの船頭をしてるってえ。随分と立派な体格だな」

「元手は体しかないって、自分もそう言ってます」

「ふうん……何を話してたんだ」

意味ありげな目つきで、伊藤はお志津に近づいて、

「紋三から聞いたぞ。番頭を殺した奴の顔を見たんだってな。あの猪吉だそうだが」

「はい。そうです」

「奴は、殺した所にはいなかったって話だから、俺も探索しているのだが、その時の様子を俺にも話してくれぬか」

「その場には、紋三親分と猿吉さんもいましたから」

拒むように言うお志津に、伊藤は食らいつくように訊いた。

「本当に顔を見たのか?」

「見ました」

「あの辺りは、俺もしょっちゅう歩き廻ってるが、路地には辻灯籠もないから、日が暮れると顔なんざろくに見えない。擦れ違う相手でも分からないくらいだ」

「……」

「なのに、おまえはハッキリと見たんだな」

「名前は知らなかったけれど、猪吉って人だと分かったじゃないですか……その

ことは、ぜんぶ紋三親分に話したとおりです」

「さようか……」

伊藤は表通りを遠ざかっていった勇吉の後ろ姿を目で追いながら、

「――おまえのお父っつぁんも随分と大きな体つきで、パッと見にゃ、猪吉と変わらねえくらいだな」

「！……」

わずかに目が泳いだお志津の表情を、伊藤は見逃さなかった。

「お志津……おまえは確かに、猪吉が番頭の安兵衛を殺したのを見たのか？」

「はい。間違いありません」

キッパリと断言して、お志津は逆に伊藤に詰め寄った。

「旦那。あの猪吉は間違いなく性悪でございます。小料理屋にいたなんて話をしてたけれど、そんな嘘、幾らでもつけます」

「だが、証人は女将の佐和と、あのお転婆の桃香だけではない。他の客たちや、板前など何人もいるのだ」

「でも、私たちも被害に遭いましたが、猪吉って人は強請たかりをしている……」

「だからって、人殺しをするとは限らぬ。まあ、おまえがそこまでハッキリと言うからには只の見間違いとは思えねえ」

只の見間違い――という言い草が、妙な意味あいを含んでいた。

「わざと見間違えたんじゃねえのか？　誰かを庇うために、似たような風貌の猪吉なら、下手人に仕立て上がられると考えて」

「ち、違います！」

「だがな……殺しを見た者が、改めて下手人を見ると、ふつうなら震え上がるはずだ……だが、おまえは〝鞘番所〟でこっそり見たとき、平然としてた……そう番人が話してたぞ……それは、どうしてだい」

「……」

「まあ、いい。嘘はいずれバレる……医者を目指してるんだってな。ならば、正直が一番だ。〝儒医〟先生のようにな」

伊藤は何もかもお見通しだという顔で、お志津を睨んでいた。だが、

「私は見たとおりのことを言ったままでです。そんなことより、番頭さんと猪吉の関わりを、ちゃんと調べて下さいな」

と興奮気味に答えて、立ち去った。

四

猪吉が〝鞘番所〟から、お解き放ちになったという報せは、深川養生所にもすぐに伝わった。決め手はやはり、殺しがあった刻限には小料理屋『佐和』にいたという証言があったからである。

これまでの強請たかりも、見る立場を変えれば、無事に揉め事を解決してくれたということだから、咎人とするのは難しい――と吟味方与力が判断したのだ。

「悪いことをする奴ほど、法の裁きを受けずに、のさばるんですね」

憤懣やるかたない言い草で、お志津が患者たちに話しているところへ、ぶらりと猪吉が入ってきた。

気付いてはいるが、素知らぬ顔で、お志津は働いていた。患者たちも怯えたように目を伏せ、陰鬱な雰囲気が漂っていた。そんな様子を、猪吉はニタニタと見廻している。

たまりかねたように、診察室から出てきた清堂が声をかけた。

「用がないなら、帰ってくれ。おまえさんの顔を見るのは、もう懲り懲りだ」

「腹の具合が悪くてよ。名医先生に診て貰おうと思ってよ」

「おまえの腹なんぞ知ったことか。他の医者に当たれ」

「随分、邪険じゃないか……なあ、お志津」

呼び捨てにして体に触れながら、猪吉は言った。

「分かってるよな。先生にちゃんと話して、見舞金くらい寄越さないと、おまえも寝覚めが悪いだろうが、なあ」

どうせ伊藤にでも聞いたのだろうが、すぐにこうして脅しにくる輩なのだ。

「いい加減にしろ」

事情を知っている清堂は、雷のような声で怒鳴りつけた。

「お志津が間違ったことを言ったようだが、他人のそら似ということもある。あんたの日頃の行いが悪いから、そう思われたんだ。反省するのはおまえだろう」

「なんだと、こらッ」

いきなり乱暴に胸ぐらを摑んで、猪吉も大声で、

「ふざけるな！　俺は人殺しにされかかったんだ。危うく首を刎ねられるところだったんだ。只ですむと思うなよッ」

「また金を脅し取ろうと言うのか。誰か紋三親分を呼んでこい。これが動かぬ証

拠だ」

「てめえッ」

ガツンと一発、拳を見舞って、猪吉は倒れた清堂の上に馬乗りになった。

「やめて下さい！　分かったわ、猪吉さん！　私はもう今日限り、ここを辞めます。だから、先生には何もしないで！」

お志津は叫ぶが、完全に血が昇っている猪吉はもう一度、清堂の腹を殴り、

「偉そうにするんじゃねえ。この藪医者が。てめえなんざ、いつでも殺せるんだ。おい！　これで終いだなんて思うなよッ」

と、さらに蹴ろうとした。

そのときである。

「怪我をしてしまいます。それ以上は、おやめ下さい！」

悲痛な声で入り口から入ってきたのは、美代だった。

「大切な番頭さんを亡くして悲しんでいるのは、うちの者たちです」

「ほう。『但馬屋』のお内儀が、なんでこんな所に……」

立ち上がった猪吉が訊くと、顎を撫でて起き上がりながら、清堂が答えた。

「いつも炭や薪のことで世話になってるのだ。貧しいこの養生所のことを気にか

け、只同然で、分けてくれてるのだ」

「まさか……あの強突張りの姑と、極悪商人の李左衛門が、炭や薪を只で……ありえねえ。絶対に、ありえねえこった」

ガハハと笑って、猪吉は美代に迫った。

「本当は何が狙いだ、ええ？　こんな貧乏養生所に恵んで、どんな得があるんだ」

「ただの人助けです」

「だったら、こっちも助けてくれよ。おまえんちの番頭が殺されたお陰で、俺は殺されかかったんだからよ」

「本当にタチが悪い人なのですね。番頭さんが言ってました。あなたに、ちょっとしたことで脅されていると。それで、十両もの大金を払ったことがあると」

思い切ったように美代が言うと、猪吉はポンと腕を払う仕草をして、

「十両の大金……？　ハハ。臍が茶を沸かすぜ、おかみさん。じゃあ、お聞きしやすが、おたくの旦那は何をしたんですかねえ」

「……」

「人様に言えないことばかりして、阿漕な稼ぎをするどころか、それこそ人殺し

の真似事だってしてるじゃないか」

「何の話ですか」

「知らないなら、話してしんぜやしょう。ここのいる皆々様も、耳の穴、かっぽじいて聞いておくんなせえよ」

　猪吉はまるで講釈でも垂れるように、話し始めた。

「炭問屋『但馬屋』こそが、江戸中の薪の値を上げまくってる張本人でござい！　あちこちから炭を買い漁り、如何にも品不足のように仕組み、このクソ寒い時も我慢させられてるのは、『但馬屋』のせいだぜ」

　美代も黙って聞いている。

「だろ、おかみさん……世の人々に凍える思いをさせといて、勿体つけて高値で売る。そりゃ、そっちの懐はホクホクだろうが、バカを見てるのは俺たちだ」

「……」

「そのことをバラすぞと脅したら、安兵衛の方から十両、払ってきやがったんだ。たかが十両で済まそうって魂胆が意地汚い。けどよ、こんないい金蔓、殺すもんかい」

　得意満面で猪吉が話したことは、事実なのであろう。美代は否定しなかった。

そこに――。

いつの間にか来ていた桃香が、声をかけた。

「やはり、あなたが安兵衛さんを脅していたネタは、そのことだったのですね」

振り向いた猪吉は、「おまえか」と顰め面になると、桃香は十手を出して、

「今の話、きちんと聞かせて貰えますよね。ええ、炭の値を吊り上げた話です。あなたの無実を証明してあげたのですから、それくらい恩返しはして貰って当たり前ですよね」

「……」

「私、前々から、炭の値のことを探索していて、あなたに突き当たったんです。だから、張り込んでたんです」

「残念ながら、お上は大嫌いでね。おまえらに話したところで、一文の得にもならねえ。そんな暇がありゃ、このおかみさんと……じっくり話させて貰うわい。だよなあ」

舐めるように美代のことを見ながら、

「年増のくせに妙に艶っぽいじゃねえか……極悪の旦那が放さないのは、あっちの具合がいいからかい、ええ？」

と尻を触ろうとした。

その腕を摑んだ清堂は、小手投げで投げ飛ばした。ドスッと鈍い音がして、猪吉は背中や腰から中庭に落ちた。

「大概にしろ、外道。これ以上、乱暴狼藉をすると、足腰立たないようにしてやるぞ」

本当は柔術の達人だが、手を出さないでいたのだ。だが、関わりない弱い者に酷いことをすると、どうでも許せないのだ。

「いててて……」

腰に手をあてがいながら、「覚えてやがれ」と捨て科白(ぜりふ)を言いながら、猪吉は退散した。桃香はすぐに追いかけたが、その場に残った美代は気まずそうに、誰にともなく頭を下げた。

「分かってるよ、おかみさん……せめて、うちのような所にはって、分けてくれたんだろう。ありがたいことだ」

清堂が礼を言うと、居たたまれないようになって、持参した炭を置いて、

「後で炭俵を幾つか、手代に届けさせますから」

と逃げるように立ち去った。

門を出たところで、追いかけてきたお志津が声をかけた。

「おかみさん。猪吉が言っていた話は、本当のことでしょうか」

「……詳しいことは、私には分かりません」

「でも、もしそうなら……殺された番頭さんのことも、気になりますよね」

「ご免なさいね……あなたにも迷惑をかけたみたいで」

美代が謝ると、お志津は困惑したように目を逸らしたが、思い切って訊いた。

「亡くなった番頭さんと、私のお父っつぁんとは関わりあるのでしょうか」

「あなたのお父さん……？」

「——あ……私のお父っつぁんは、船頭をしてます……矢切の渡しで……」

「ええ!?」

あまりもの美代の驚きように、お志津の方が驚いた。

「やはり、何か関わりが……」

不安そうになるお志津に、美代は首を横に振って、俄に微笑ましい顔になると、

「そう……あなたが、勇吉ちゃんの娘さんなの……」

「えっ……？」

「知らなかった……でも、まさか清堂先生の所の……そう……縁とは不思議なも

のね」

「勇吉ちゃんて……どういうことですか」

「この前、偶然、渡し船に乗ったの……雪になった日にね……勇吉ちゃんに会ったのは、ほんと子供の頃以来で……」

その再会の時の様子を、美代は物静かに話して聞かせた。すると、お志津は納得したように頷きながら、

「それでか……『但馬屋』さんのこと、遠くから覗いてたみたいだから……綺麗なお内儀さんのことを見てたんですね」

「ほんと？　勇吉ちゃんが……だったら、訪ねてきてくれればよかったのに……」

「そんな柄じゃないですよ」

お志津はそう言いながらも、番頭との関わりが気になっていた。

「では、お父っつぁんと『但馬屋』さんとの繋がりとか、ないのですね」

「ええ……どうして、そんなことを？」

「いえ、いいんです。ちょっと気になったもので、済みません」

ペコリと頭を下げてから、いつもの笑顔を浮かべたお志津は、

「くれぐれも、おかみさんに近づかないよう注意しときますからね」

「そんな。いつでも訪ねて来て下さい。そう伝えてね」

本気には思えなかったが、お志津は素直に頷いた。だが……一礼して立ち去った美代の後ろ姿を見ながら、俄に心の中が乱れた。

――おかみさんは、旦那にも姑にも、番頭にも酷い目に遭っている。それを見てしまったお父っつぁんが、頭に来て殺してしまったのではないか……。

そう思うと、お志津は何処か遠くに逃げ出したくなった。

五

その頃――桃香はしつこく、猪吉を追いかけていた。猿吉も加担している。

「なんだ……まだ追って来やがる……捕まってたまるか、このう」

道端の大八車を突き放すと、勢いよく桃香らの方に向かって突進した。驚いて脇道に避けた隙に、猪吉は路地裏に飛び込んだ。

そこには大きな酒樽があり、腰掛けて煙管を吹かしている浪人者がいた。猪吉と同じくらい屈強な体つきで、目も鋭かった。

「追われてるようだな。ここに隠れな」

と大酒樽の裏を煙管で指した。

猪吉が身を伏せて、しばらくすると、猿吉が飛び込んできた。一足遅れて桃香も来て、訝しげに辺りを見廻していると、

「遊び人風のでかい男か」

「来たのか」

「血相変えて、向こうの橋の方へ走っていったぞ」

「すまねえ！」

猿吉は軽く頭を下げて、すっ飛んで行ったが、桃香はまだ不審そうに辺りを見廻し、浪人の顔をまじまじと見た。

「捕り物なら、俺も手伝おうか？」

浪人が訊くと、桃香は首を振って猿吉の後を追った。無表情で見送る浪人者は、煙草をゆっくり吹かしながら、ふたりの姿が見えなくなると、大樽の裏に声をかけた。

「行ったぜ」

ひょっこり顔を出した猪吉は、大きな体を屈めながら、

「何処のどなたか存じやせんが、ありがとうございやした」

「礼には及ばぬ」

「でも、なぜ、あっしを……」

「お上の威光を笠に着た奴は大嫌いでな。袖振り合うもなんとやらだ。その辺で一杯、やろうではないか」

「ええ、でも……」

猪吉が卑しげな目になると、浪人は懐を軽く叩いて、

「案ずるな。ちょっと賭け事で儲けてな」

「そうですか……では、遠慮なく」

「今宵はいい月が出そうだ」

まだ明るい空を見上げる浪人を真似て、猪吉も思わず空を見上げた。

その夜――。

美しい満月となって、お茶の水の赤壁辺りの雑木林も煌々と照らされていた。

枝ぶりの良い大樹に、ゆらゆら下がっている首吊り死体が、月明かりに浮かび上がった。青ざめたその顔は、猪吉であった。その帯には、『書き置き』と記された封書が挟まれてあった。

　翌朝、通りかかった者によって、猪吉の死体は見つかり、自身番に預けられた。が、その報せが紋三のもとに届いたのは、その日の昼下がりのことだった。

　深川〝鞘番所〟では、伊藤洋三郎がぶつくさ言いながら、紋三を責め立てていた。

「おまえが悪いとは言わないが、下手人を解き放った挙げ句、自害されるとは……岡っ引の大親分としては大きな失態だな」

　解き放ったのは自分でありながら、もう人のせいにしている。南町奉行の大岡越前から厳しい問い合わせがあったから、伊藤も焦っているのであろう。

「どうする、紋三……」

「いや。猪吉は自害などするわけがねえ」

「なぜ、そう思うのだ。事実、このような遺書が残っておるのだぞ」

　伊藤は腹立たしげに封書を叩いて、中の紙を紋三に突きつけた。それには、みみずがのたくったような文字で、『但馬屋』の番頭・安兵衛を殺して大変申し訳ないことをしたと書かれている。

「これは偽物の書き置きでやしょう。あっしが押さえた猪吉の文字とは、手が合いませせぬし、あれほど無実を訴えて、ようやく疑いが晴れた者が自害するのも妙でござんしょ」

「まあ、たしかにそうだが……」

「桃香と猿吉の話では、追いかけていた途中、妙な浪人者に会った後に、猪吉は殺された……と言ってやす」

「そうなのか？」

「てことは、誰かが、都合よく猪吉に罪を押しつけて自害に見せかけたと、あっしは読んでおりやす」

「——そこまで言うのなら、紋三……一刻も早く本当の下手人を捕らえてみせい。でないと、こっちが吊らなきゃならぬ」

「心にもないことを。近頃は、岡っ引仲間からは、〝ぶつくさ〟の旦那ではなく、〝逃げ〟の旦那と呼ばれてますぜ。すぐに知らん顔をするからってね」

「おい……頼むよ……」

情けない顔になる伊藤に、真剣なまなざしを向けて、紋三はしかと頷いた。


大横川の土手から眺める江戸の夕景は、筆舌に尽くしがたいほど美しい。遥か遠くに見える富士の高嶺（たかね）には、まだ冠雪が深く残っており、赤く染まっている。

「女同士の話って……？」

夕陽を浴びながら歩いてきたお志津が、桃香を振り返った。

「紋三親分や猿吉には言えないようなことがあると思ってね」

「なんでしょう……」

「猪吉って悪い奴が首を吊ったのは、もう知ってるわよね」

「──びっくりしました」

お志津は目の置き所に困ったように、遠くの富士山を仰ぎ見た。

「番頭さんを殺したのは自分だと書き残してね……でも、これは誰かが作った偽物。紋三親分はその証明もしてみせた」

「！……そうなのですか」

と驚いたものの、遠い景色を見ながら、微動だにしないお志津の横顔を、桃香は射るように見つめていた。

「──どうなの、お志津さん……本当に、猪吉が安兵衛さんを殺すのを見たの？」

一瞬、ビクッとなるが、冷静を装ったお志津に、桃香は優しく言った。

「見たのは、猪吉ではなくて、他の誰かじゃないの？」

「いいえ……」

首を振って否定しかけるのへ、桃香は被せるように言った。

「でも、あなたは、その誰かを庇いたかった。だから、とっさに思いついた猪吉の人相を、紋三親分に話した……違う？」

「違います！」

　背を向けたお志津は、唇を噛んでいたが、

「私は猪吉を見たんです。はっきりと、この目で」

「あのね、お志津さん……猪吉は確かに、炭の値のことで、番頭さんを脅していたのは事実なんだけれど、殺した刻限には別の所にいたことを、私が知っているんです」

「猪吉は自分が殺したと認めたんでしょ。だったら、それでいいじゃないですか」

「お志津さん……」

「私はただ通りすがりに見たままのことを、親分に言っただけです。それのどこがいけないんですか。もう、関わり合いはいや」

　泣き出しそうな顔になって背中を向けると、駆け出した。

追いかけようとしたが、諦めて見送る桃香の後ろに、紋三が来て立った。

「頑なな娘だな。ありゃ間違いなく誰かを庇ってる……もう一度、『但馬屋』と、お志津の身の周りを調べてみることだな」

「――こんなことを言ってはなんですが、猪吉は生きていても仕方がない人間です」

「十手持ちのつもりなら、それを言っちゃ、おしめえだ」

「分かってます。でも、お志津さんが庇っている人が善人で、どうしても番頭さんを殺さなければならない事情があるなら……」

「見逃すってのかい」

「そうは言いませんが……」

「誰を庇ってるかはともかく、番頭の安兵衛が消されたのは、猪吉が話してたとおり、炭の値を吊り上げ、文字通り人々に塗炭の苦しみを味わわせている仕業を、隠すためだろう」

「ええ……」

「だったら、本物の下手人を挙げなきゃ、おまえが探索してる大悪とやらを、燻り出すこともできねえんじゃないか？」

「――ですが……」

「それに、お志津はおまえと同じで、まだ若い。嘘をつき通したまま、これから生きてくのは、決して良くねえと思うがな」

紋三の諭すような穏やかな声に、桃香はその通りだと頷いた。

その頃――。

猿吉も紋三の命令で、猪吉を追いかけた途中に見かけた浪人者を探していた。

「絶対、あいつが何か知ってるはずだ……」

と遅まきながら睨んでいたからだ。

あの場でもっと調べておけば、猪吉が死ぬことはなかったと、忸怩たる思いもある。紋三〝十八人衆〟の手も借りて、虱潰しに調べたところ、一際体の大きな、羽振りの良い浪人を、ある隠し賭場で見つけた。

顔はしっかり覚えている。猿吉は気取られないように尾けると、門前仲町の『但馬屋』に現れた。さらに同じ深川で、大横川と小名木川が交わる扇橋側にある武家屋敷に入っていった。

「――ここは……たしか、御林奉行の土岐民部様のお屋敷……」

御林奉行とは、勘定奉行支配下にあって、天領の植林管理をしている役職である。

　植林事業や雑木林の保護だけではなく、〝御山奉行〟とも称される土砂災害などを防ぐ役目もあった。また、〝薪炭奉行〟との異名もあり、いわゆる生活資材を確保し、諸藩との入会地の紛争処理なども行っている。

　天領における実際の植林などは、諸国の代官などに任せているが、いわゆる事務方として、御林奉行が全てを掌握していた。焼火之間詰(たきびのま)の奉行とはいえ、わずか百俵高の下級武士に過ぎない。

　しかし、深川材木問屋組合との付き合いや、薪炭という暮らしに必要な物品の根本である林業を扱う職掌である。ゆえに、地味な仕事ながら大きな権限があり、付け届けも多かった。

「──なるほどなあ……こいつは瓢簞(ひょうたん)から駒だ。けど、考えてみりゃ、御林奉行と炭問屋ならば深え繫がりがあるはずだ」

　早速、紋三に報せると、意外なことにキラリと目を光らせた。

「でかしたぞ、猿吉……土岐民部様と言えば、いずれ諸国の代官なんぞ、ぶっ飛ばして、勘定奉行になるかもしれねえ切れ者だ」

　幕府の重要な三奉行の中で、下級武士から成り上がれるのは、勘定奉行くらいだ。元禄時代の荻原重秀などが筆頭格であろう。町奉行や寺社奉行は、実績だけではなく、代々の家柄が物を言うからだ。

「その土岐民部様が臭いんです」

「公儀の薪炭のみならず、江戸市中を差配している土岐様なら、木材不足などを梃子にして、『但馬屋』と組んで、炭の値上げをするのは容易かもしれねえな」

紋三が話すと、猿吉は膝をポンと叩いて、

「ますます臭いやすねえ。桃香が調べていたとおりのことがあるとすりゃ、安兵衛が殺された理由はその辺りにありやすね」

「うむ……猪吉が脅していたネタが世間に知られれば、土岐様も『但馬屋』も危うい」

「てことは、安兵衛を殺した下手人を捕らえれば、芋づる式に土岐様たちも……」

「だろうな。だが、そんな裏があるとして、お志津は一体、誰を庇ってんだろうな。下手をすりゃ、お志津も巻き込まれる……猿吉、目を離すんじゃねえぞ」

紋三が険しい顔になると、猿吉も武者震いしながら頷いた。

六

翌日、矢切の渡しの番小屋で、客待ちをしていた勇吉の前に、紋三が立った。

「――船頭の勇吉さんだね」

「へえ。そうでやすが」

十手持ちだとすぐに分かったのであろう。振り向いた勇吉は何となくバツが悪そうに目を逸らした。

「俺は門前仲町の紋三って者だ」

「お名前はよく知っておりやす……その大親分さんが何用で……」

「おまえさん……お志津の父親（てておや）だな。深川養生所の藪坂清堂先生の下で、毎日、身を粉にして働いてるいい娘だ」

「自慢の娘ですが……何か……」

「人殺しを見たってことだが、どうやらお上に嘘の証言をしたようなんだ」

「え……!?」

勇吉は驚愕した顔になって、紋三をもう一度、振り返った。

「聞いてなかったのかい」

「いや……」

「炭問屋『但馬屋』は、知ってるな」

店の名を聞いて、勇吉はさらに吃驚して、思わず腰を浮かした。

「よく知ってるようだな……」

紋三はじっくりと話を聞きたいとばかりに、座り込んだ。

「その店の番頭、安兵衛のことも知っているよな」

「へえ……誰かに殺されたと……」

「おまえさんと、安兵衛は何度か、会ったそうじゃねえか。店の近くの茶店で、おまえたちふたりが何か話しているのを、見ている者が何人かいるんだ」

「何度かって……二度、会っただけです」

「ほう、なぜだい」

「そんな理由を一々、話さなきゃいけやせんかね」

「安兵衛は殺された。それを、〝誰か〟が殺したのを、お志津は見た。その場には、俺も通りかかったんだが、すでに下手人は逃げた後だった……おまえさんのように屈強な男で、猪吉って悪い奴なんだが、こいつはてめえの罪を認めて死んだんだが……」

　あらましを話してから、紋三はもう一度、尋ねた。

「お志津は嘘をついてる。誰かを庇うためにな……なあ、正直に話したらどうだい」

「――お、親分さん……まさか、あっしが番頭を殺したとでも言いたいんで……!?」

　俄に表情が変わった勇吉を、じっと見据えながら、紋三は静かに言った。

「そうは言ってねえ……知ってることを話して貰いてえ」

「……」

「こちとら十手持ちが長いんだ。おまえさんの昔のことだって、色々叩きゃ、埃だって出てくるだろう」

「俺は何も……」

「時々、『但馬屋』の近くも、うろついてたようだが、何の用があったんだい。炭問屋と渡し舟の船頭じゃ、深い繋がりがあるとも思えねえがな」

『但馬屋』の内儀・美代と勇吉が、幼馴染みであることは、桃香から聞いていた。だが、あえて触れなかった。

「番頭の安兵衛とは、どんな関わりがあったんだ、ええ？」

「——関わりってほどじゃありやせん」

殊勝な面持ちで、勇吉はゆっくりと語り始めた。

「ただ……気になる女がいて……内儀の美代のことです。そんな変な関わりじゃねえですよ……ただの幼馴染みです」

偶然、二十年ぶりに再会したことを、自ら勇吉は話した。その上で、続けた。

「その時、美代は……子供がいるといいながらも、あまり幸せそうな感じがしなかったんで、どんな暮らしをしているか気になって、訪ねてみたんだ……訪ねたといっても、遠目で様子を窺っただけですがね」

「そうじゃなかったのかい」

「思ってた以上に酷かった……ありゃ内儀とか嫁とかいうより、まるで女中だ。しかも、下働き同然で、可哀想だった」

勇吉が垣間見た様子では、主人の李左衛門は外面だけがよくて、家の中では傲慢であり、奉公人を殴る蹴るするような酷い男だった。どの家でも亭主とは大概、そんなものだし、何処の店でも手代や小僧に厳しいのは当然のことであろう。

「ですがね……李左衛門ってなあ、冷酷で何を考えているか分からない人間でしてね、裏では人に言えない悪さもしてるに違いねえ。あっしには、そう見えました」

「惚れた欲目で、美代さんが憐れに思っただけじゃねえのかい」

紋三が否定するように言うと、勇吉は情け深い顔になって、

「そんな、惚れた腫れたじゃありやせん……でも、たしかに見るに堪えなかった。美代にも遠慮なく、手を挙げてましたからね。可哀想でしたよ。おまけに……」

と少し声を詰まらせた。

「姑も酷い人で、奉公人どころか人前でも美代のことを悪し様に罵り、孫の……一平ってんだが、その子のことまで、嫁に似て薄らバカだとか、鈍くさいとかなじってやしてね……一度、何気なく近づいたことがありやす」

一平は寺子屋の帰りらしく、ひとりで海辺でぼんやりしていた。十三歳だから、体もしっかりしてきているが、顔はまだまだ子供で、遠くを眺めていた。

勇吉が声をかけると、人見知りそうな一平は俯いていたが、お父っつぁんとおっ母さんは優しいかと尋ねた。すると、一平は、

「おっ母さんは優しいけど、お父っつぁんは俺のことを憎んでる」

と当たり前のように言った。訳なんか分からないが、自分の子ではないと言わ

れたこともあると話した。子供なりに、

――おっ母さんは、父親以外の誰かといい仲になって、それで出来たのが自分だ。

と思っている節があった。

「見も知らぬあっしに話したんだから、よほど心が傷ついてたのかもしれねえ……そんなある夜のことでさ……」

商談に出かけた帰りの李左衛門に、勇吉は声をかけた。もちろん、待ち伏せをしてのことである。他には提灯持ちの手代がいただけなので、勇吉は思い切って、

「美代さんと一平ちゃんを、もっと大事にしてあげて下さい」

と頼んだ。当然、李左衛門は訝しげに、

「なんだね、おまえさんは」

「時々、店の表を通るだけの者ですが、ふたりが悲しんでるのを見かけたことがありやしてね……ちょっと見るにみかねて」

「余計なお世話だ」

「へえ。それは百も承知です。ですが、姑さんも、あんまりに酷いので……」

「おふくろの悪口まで言うのかい」

急に腹が立ったように声を荒らげて、李左衛門は勇吉を罵った。少し酒が廻っており、その勢いもあったのであろう。

「何処の貧乏人か知らないが、うちのことに首を突っ込んで金でも毟り取ろうってのかい。強請屋の猪吉と同じだな」

「違います、あっしは……」

「目障りだ。どきなさい。ハハン……おまえさんも美代の客だった男のひとりかい」

「——客……」

「岡場所の女だったからね。それで脅しに来る奴もいるが、その手は食いませんよ」

「——そんな……岡場所の女だったのか……」

愕然となる勇吉の顔を、李左衛門は憎々しげに睨みつけた。

「こっちも若気の至りで、あんな女を嫁にしたばっかりに悪評は立つし、店の看板まで汚されてしまった」

「でも、立派な跡取り息子もいなさるじゃないですか」

「ふん。何が立派なもんかい」

吐き捨てるように、李左衛門は言った。

「あいつは、番頭の子だよ」

「え……ええ……!?」

勇吉は目を剝いたが、手代の方が、「見知らぬ男にそこまで言ってよいのか」と案じて、主人の言動を諫めた。だが、李左衛門は構わず怒りに任せて、

「安兵衛に手籠めにされたなんて言ってるが、違うな。ありゃ、美代の方が安兵衛を誘ったんだ。そういう卑しい女なんだよ」

「嘘だ……嘘だ！」

顔を真っ赤にして怒る勇吉を、李左衛門は小馬鹿にしたように、

「なんだい。金で買った女に、まだ惚れてるのか……ふん。バカな男もいるもんだ」

と吐き捨てて立ち去ろうとした。

その足に勇吉は縋りつくように止めて、懸命に言った。

「卑しいだなんて言わないで下さい……あの女は気立てのいい、素直で可愛らしい……本当にいい女なんです」

「どきなさいッ」

「もっと大事にしてやって下さい。たとえ出が貧しかろうと、女郎だろうと……」

「どけ！　しつこくすると、お役人を呼ぶぞ。おまえらみたいな下郎、すぐお縄だ」

李左衛門は勇吉を足蹴にして、怒声を浴びせながら立ち去った。

その後――。

勇吉は安兵衛に近づいて、事の真相を聞き出そうとした。

余計なこととは百も承知だが、そこまで嫌っておきながら、なぜ三行半を渡して離縁しないのか不思議だったからだ。

「そりゃね……李左衛門さんの世間体ってもんさね」

あっさりと安兵衛は語った。

「岡場所の女を女房にするのは、よくある話だ。けれど、それば番頭の息子だと知られたら……恥ずかしくて商売もできないだろう。そこを私は……」

利用したというのだ。

紋三は首を傾げて、「利用」の意味を勇吉に訊いた。

「安兵衛って番頭の話だと、姑はかなりの欲ばりな人間で、息子の李左衛門にもらいに」

そう教え込んできたらしい。商人は儲けて上等、儲けなければ人でなしというくらいに」

「そのようだな……」

「ですが、いつからか薪はどんどん安くなり、利鞘が減ってきた。そこで、色々な手を使って、高くなるように仕組んだと話してやした。その手立てを考えたり、実践するのは番頭ですからね、李左衛門としても番頭を手放せなかった」

「ふむ……」

「安兵衛としても、同じ屋根の下に惚れた美代と、自分の子がいるんですから……ゆくゆくは、自分が店を乗っ取ろうって魂胆があったようですよ」

「だったら、おまえが殺すとしたら、番頭ではなくて、李左衛門の方だな」

紋三が言うと、勇吉は睨み返して、

「できることなら、そうしたいくれえで、へえ……でも、あっしにも娘がおりますんでね。人殺しの子にはできやせんやね」

と静かに言った。

見つめ返した紋三に、勇吉はぽつりと寂しげに呟いた。

「どうなるでやすかねえ……番頭がいなくなって、心の拠り所もなくなったんだろうなあ、美代ちゃんは……」

七

北町奉行所のお白洲に、『但馬屋』主人の李左衛門とお志津が呼び出されたのは、その数日後のことである。

吟味方与力の前調べもなく、吟味の中味も知らされない異例のお白洲であった。

立会人として、紋三と桃香も呼ばれており、お白洲の一角に座らされていた。

壇上に出座した大岡越前は、威儀を正して、お白洲に並ぶ者たちを見下ろした。

李左衛門もお志津も、初めて見る大岡の態度や顔つきは、恐ろしいほど厳めしく見えた。

「これより、炭問屋『但馬屋』番頭、安兵衛殺しにつき吟味致す」

大岡の響き渡る声に、緊張を張り詰めたまま、李左衛門とお志津は見上げていた。

「まず、安兵衛を殺した下手人のことから伝えおく」

「下手人……？　見つかったのですか」

思わず李左衛門が声を発したが、お白洲に立ち合う蹲い同心に制された。大岡はおもむろに続きを述べた。

「安兵衛は予てより、薪の値上げのカラクリにつき、猪吉なる遊び人同然の男に脅されており、十両の金を払っておった。さらに、金を求めたことから揉めており、安兵衛は猪吉に殺された――かに思えたが、殺しの刻限には他所にいたことが判明。咎人は別にいることのことで、奉行所にて探索しておったところ……」

李左衛門とお志津は固唾を飲んで、大岡の顔を見上げていた。

「柴田権十郎という浪人者が浮かび、捕縛の上きつく取り調べると、正直に認めた。殺した訳は、約束を破り、お互いの誓いを裏切ったからとのことだ。その約束とは……李左衛門、おまえはよく心得ておろう」

「……」

「どうじゃ」

「――とんと分かりませぬ」

言っている意味が分からぬと、李左衛門は淡々と付け加えた。

「さようか。さてもさても、肝の据わった商人よのう。そのことは、後で話すゆえ、それまでに己の胸に聞いて、思い出しておけ」

すべては〝お見通しである〟とでもいう態度の大岡を見て、李左衛門の口元がわずかながら歪んだ。

「さて、お志津……おまえにも尋ねたいことがいくつかある。正直に答えよ」

「はい」

「お白洲である。嘘の証言をすれば、きつく裁かれること心得ておけ」

「――は、はい……」

お志津はまだ十六の娘である。町奉行の前に座らされたというだけで、厳しい咎めを受けている気持ちなのに、しだいに全身が震えて怖くなってきた。

「何故、虚偽の証言をしたのだ」

「……」

「猪吉を見たということだ。本当は違う男を見たが、咄嗟に頭に浮かんだ猪吉を名指しこそしないが、そこな紋三に伝えたな」

「それは……」

「本当に猪吉に見えたのならば、致し方ないかもしれぬ。おまえの師である深川養生所の藪坂清堂も、猪吉には随分と酷い目に遭っておったゆえ、体格の似た遊び人風の男を、猪吉に見間違えたのだろうと、擁護しておる」

「……」

「だが、違う。おまえは頑なに嘘の証言を通した。その訳を言え」

大岡が追及すると、お志津は少し安堵したような表情になった。すでに、大岡が真の下手人のことを述べたからだ。

「申し訳ありませんでした……」

お志津は深々と頭を下げて、真剣なまなざしを大岡に向けた。

「お父っつぁんだと思ったからです……暗がりでしたから、ハッキリは見えなかった。でも、一瞬、振り向いたとき、そうかもしれないって思いました」

「どうして、そう思ったのだ」

「私のお父っつぁんは、今でもよく喧嘩をしたり、揉め事があったからです。ですから、おっ母さんと別れてから、一緒には暮らしておりません」

「そんな父親でも庇ったということか」

「は、はい……今は、おっ母さんも何処に行ったか、分かりませんから……」

「同情はするが、人の命に関わる嘘は絶対にならぬ」

「でも、その後で、お父っつぁんの行いを私なりに調べていたら……『但馬屋』さんの女将さんとは幼馴染みで、詳しくは知りませんが、番頭さんとも会っていた節があるので、もしかして、何かで揉めて、お父っつぁんが……そう思いました」

「疑いが父親に向けられては困る。だから、咄嗟に人の名を出したのだな」

「――はい……」

「それだけでも重い罪だ。しかし、おまえが見た男は別人で、そやつは、そのことが原因で殺された……とも言えなくもない」

　これ幸いと、柴田が自害に見せかけて、殺してしまったからである。もっとも、猪吉もまた、柴田にとって不都合な人間であった。安兵衛の秘密を知っていたからである。そのことを世間に洩らされれば、炭の値上げのカラクリが白日のもとに晒されるかもしれぬ。いわば、一挙両得であったのだ。

　大岡はその話をしてから、今ひとつお志津に問いかけた。

「おまえはお父っつぁん、船頭の勇吉のことが嫌いなのか。それとも……」

「好きではありません。でも、たったひとりのお父っつぁんですから」

「勇吉は、おまえのついた嘘を、有り難く受け止めた。だが、悲しかったとも言った。親子ならば、人殺しなどせぬ人間だと信じていて欲しかった、とな」

「――申し訳ございません……」

お志津は唇を噛みしめながら、もう一度、深々と頭を下げた。

頷いて見ていた大岡は、李左衛門に向き直り、

「かように……安兵衛殺しは、船頭など他の理由ではなく、おまえの店に関わることで起こったのである。思い出したか」

「いいえ……私には分かりかねます……」

「さようか。ならば、紋三……証拠の品とともに、話して聞かせるがよい。許す」

大岡が振ると、紋三は一礼してから、

「此度の一件については、桃香が詳しゅう存じますので、この者からお伝え致したく」

と申し出た。

桃香が何者であるかは、当然、大岡も知っている。紋三の下で岡っ引の真似事をしていることも承知している。しかも、今般は、〝若君〟らしい、炭の暴騰について探索を続けていたから、特別に臨席させていた。許しを得て、桃香は語り始めた。

「そこにいる李左衛門は、御林奉行の土岐民部と結託して、もう何年も前から、

炭の値を吊り上げておりました」

　チラリと桃香は李左衛門を見たが、素知らぬ顔をしていた。

「大岡様もご存じのとおり、御林奉行は江戸に流入する木材の量を管轄するお役目であります。その中には、薪や炭にする木材も含まれており、その量によって値を調節する役目もございます」

「さよう。堂島米会所のように、木材の値も安定させねばならないからな」

「はい。しかし、山津波や鉄砲水などで、思わぬ災害で、木材不足になることもあります。しかし、近年は幸い、そのような所がない。炭に使う木材は、江戸近郊で産出され、しかも、ほとんどは地元の炭焼き小屋で作られたものを、江戸に運んできます」

「そうだな……」

「さる筋にて詳細に調べたところ、各代官所の蔵に隠しておいて、まるで品不足であるかのように装ったのでございます」

　桃香は力を込めて、帳簿を差し出し、

「〝木曾三山〟の白木改番所で行われているのと同様、材木帳が残されておりました。お米で言えば郷帳にあたり、何処の村がどれだけ木材を産出したか、その種類や本数などを記しております。もちろん、炭や薪にしたものもです」

と言い始めると、李左衛門の顔色が変わってきた。

「この帳簿は正式なものではなく……その裏帳簿です。御林奉行の屋敷に取り置いていたものを、土岐民部様ご自身が出したものでございます。覚えがありましょう」

裏帳簿を見せられた李左衛門は狼狽(ろうばい)はしたが、

「これは裏帳簿のようですが、私は知りません……土岐様からは、万が一、飢饉(ききん)などによって江戸が苦しくなった折、暖を取る炭までもが不足する。だから、備蓄しておけと命じられておりました。私どもはそれに従っていただけで、私自身が値を吊り上げることなど、できようはずがありません」

と話した。

すると、桃香はあっさりと引き下がり、

「以上でございます。後は、大岡様の判断にお任せするしかありません」

と言って、裏帳簿は蹲い同心を通して、大岡に渡した。大岡は裏帳簿をしばらく捲(めく)ってから、李左衛門を凝視した。

「なるほど……これは動かぬ証拠だな……それゆえ覚悟した上で、土岐民部は自邸にて切腹して果てたのだ」

「!?――せ、切腹……」

「浪人者の柴田も、安兵衛殺しの咎ですでに結審しておる。武士ゆえ、伝馬町牢屋敷内での切腹は認めてやった」

「……」

「さて……おまえだが、李左衛門……たしかに、おまえ自身が値を吊り上げることはできるはずもなかろう。だが、この考えを提案したのは、おまえだ」

「い、いえ……それは元々、安兵衛の考えでございまして……」

「安兵衛の考えを土岐民部に教え、実行させたのはおぬし。そのために多額の賄賂も渡しておる。その賄賂の額も、この裏帳簿には残っておる……知らぬことだったと、言い張るか？」

「そ、それは……」

李左衛門の両肩が下がって震え始めた。すると、桃香が意外にも優しく声をかけた。

「同じ女として言わせて貰います……お内儀の美代さんは、あなたや姑が贅沢三昧をする陰で、節約に励み、その分を、深川養生所などに恵んでいたのです」

「……」

「そのようね、お志津さん……お内儀は自分は貧しい出だからって、少しでも苦しんでいる人たちの助けになりたいって、清堂先生に申し出ていたそうです。お陰で大勢の人が救われました……『但馬屋』さんの評判が良かったのは、お内儀のお陰です……内助の功に励んでいたのです。違いますか……」

切々と話す桃香の声を聞いているうちに、李左衛門は胸の奥から、しだいに嗚咽(おえつ)が湧き起こってきた。

自分が美代にしてきた酷い仕打ちを思い出して、悔やんでいるのであろうか。それとも、今置かれている己の情けない姿を憐れんでいるのであろうか……傍目(はため)には、どちらとも取れる泣き顔であったが、やがて慟哭(どうこく)となっていった。

半月も経たぬうちに――。

『但馬屋』は闕所(けっしょ)となり、李左衛門と母親は江戸所払いとなった。残された美代と子供の一平は、身代を失って、露頭に迷うことになった。

だが、生まれ故郷である水戸城下に帰れることになった。水戸といえば御三家である。元を辿れば、讃岐綾歌藩とも縁戚にあたる。桃香……いや、若君の桃太郎君が八方手を尽くして、母子が暮らせる道を作ってやったのである。

「舟が出るぞ！　舟が出るぞ！」

矢切の渡しの乗合舟には、大勢の人が乗っている。

もちろん櫓を漕ぐのは、勇吉である。

その艫の近くには、旅姿の美代と一平親子が座っている。

「……そうかい。大きくなったら、医者になりたいってか」

声をかける勇吉に、一平は笑顔で頷いた。

「近くに深川養生所があってね、そこの藪坂清堂先生みたいな医者になりたいんです」

「頑張って、おっ母さんを楽させてやんな」

美代も勇吉に微笑みかけた。だが、勇吉が李左衛門や安兵衛と会ったことは知らない。岡場所の苦界にいたことや、一平が李左衛門の子でないことも、勇吉は知らん顔をしている。

――ただ幸せになってくれ……。

それだけを祈りながら、渡し舟を力一杯に漕いだ。

「帰り舟は、雪もなく、晴れやかだな」

勇吉がぽつりと言うと、「えっ」と美代が振り返った。

「いや。なんでもねえ……」

向こう岸には、菜の花畑が広がっていた。どこまでも陽光に燦めいて、果てしなく続いているように見えた。

本書は書き下ろしです。

実業之日本社文庫　最新刊

近藤史恵
モップの精は深夜に現れる
おしゃれでキュートな清掃人探偵・キリコが、日常の謎をクリーンに解決する人気シリーズ第2弾！　オフィスのゴミの量に謎解きの鍵が!?（解説／大矢博子）
こ3 5

沢里裕二
処女刑事　東京大開脚
新宿歌舞伎町でふたりの刑事が殉職した。その裏には、東京オリンピック目前の女子体操界を巻き込むスキャンダルが渦巻いていた。性安課総動員で事件を追う！
さ3 8

真梨幸子
6月31日の同窓会
同窓会の案内状が届くと死ぬ!?　伝統ある女子校・聖蘭学園のOG連続死を調べる弁護士の凜子だが……先読み不能、一気読み必至の長編ミステリー！
ま2 1

南 英男
捜査魂
誤認逮捕によって警視庁のエリート刑事から新宿署生活安全課に飛ばされた生方猛が、さらに殺人の嫌疑をかけられ……刑事の誇りを賭けて、男は真相を追う！
み7 10

谷津矢車
曽呂利　秀吉を手玉に取った男
堺の町に放たれた狂歌をきっかけに、秀吉に取り入った鞘師の曽呂利。天才的な頓智と人心掌握術で大坂城を混乱に陥れていくが……!?（解説・末國善己）
や8 1

実業之日本社文庫 い105

桃太郎姫恋泥棒（ももたろうひめこいどろぼう）　もんなか紋三捕物帳（もんぞうとりものちょう）

2019年2月15日　初版第1刷発行

著　者　井川香四郎（いかわこうしろう）

発行者　岩野裕一
発行所　株式会社実業之日本社
〒107-0062　東京都港区南青山5-4-30
CoSTUME NATIONAL Aoyama Complex 2F
電話［編集］03(6809)0473［販売］03(6809)0495
ホームページ　http://www.j-n.co.jp/
DTP　ラッシュ
印刷所　大日本印刷株式会社
製本所　大日本印刷株式会社

フォーマットデザイン　鈴木正道（Suzuki Design）

ISBN978-4-408-55458-7（第二文芸）